世界漢俳首選

首選　世界漢俳

段樂三、林爽——合編

序

段樂三

2015 年 1 月 9 日，林爽老師傳來美國王克難詩友美意，想要我在湖南組織各國漢俳詩友相聚，非常感謝詩友對我的器重！

2011 年，我竭力組織並且擔任總指揮主辦了「首屆海內外漢俳創作大獎賽」。雖然有 2910 名海內外詩人參賽，但是，海外只發動了紐西蘭、新加坡、澳大利亞、美國、日本、加拿大等 6 個國家 11 名詩人投稿，其他 2899 名投稿的詩人，全是來自國內各省、市、自治區及香港、澳門。本想評審結果出來後，召開頒獎大會，讓詩友們聚聚，卻因計畫中的經費沒有到位，留下遺憾。從此，我認識到自己的不足之處，年輕時，沒有機會練出呼風喚雨的本領，漸老矣，為漢俳的普及與發展已是廢寢忘食，效果卻難令人滿意。唯一值得欣慰的是，通過這些年的努力，我在國內外找到了數千名寫作漢俳的詩友，樂見許多大小報刊時常開闢漢俳專欄或選載漢俳作品。

離「首屆海內外漢俳創作大獎賽」，已時隔多年了，再起動各國漢俳詩人來湖南聚會，自覺人老力不從心，無能多門求助協力，重任難擔。

所幸，林爽老師在紐西蘭《先驅報》中文版上定期開設漢俳同題詩專欄，海外漢俳，碧空萬里，常見到眾多國家和地區的漢俳彩雲，時時遊蕩，蔚為大觀，漢俳終於在各國開始普及與發展。

書中，彙編的每份漢俳資料，是漢俳在世界遍地綻放的鮮花，是中華文化的世界表現，是漢語詩歌之中漢俳的旅程碑。

留給後來人，是欣賞？是研究？是發展？希望都是。

2017 年 1 月 20 日

作者名錄

中國

北京

李君莉、林岫、高勇、李增山、楊平、雷海基、屈仲誠、李歆、孫業餘、王繼坤、沈延生、張淑琴、孟志高、博古

天津

孟尚、鄭和風、殷雪祥、鄭重陽

河北

馬振華、趙麗香、任少歌、屈寶宸、王兆坤、屈杏偉、王強、李彥棟、田武生、福慧嘉緣、冬青樹、水月冰心、王欣、眉彎、謝慶會、少庭、胡澤存、王澤香、董永強、秋歌雨韻、紫雨紛飛、喜上眉梢

山西

侯振發、張光明、劉曉明、劉敏

內蒙古

高九如、孟憲明、姜慶齊、孫德政、孔沐陽、周天靜、孫峰、華瑩、李建山

遼寧

王建樹、孫江、劉麗瑩、蘇紅軍、路瞳、勿忘我、孤芳自賞

吉林

姜英文

黑龍江

韓井鳳、狄人堂

上海

許朋遠、瞿麥、王瑞祥、陸玲妹、遠山、錢希林、高野根、王曉華、葛放、周樹莊、吳易夢、陸來娣、沈顏、沈克非、俞晨瑋、潘寶康、馮漢珍、孫嘉勤、祝文鏐、劉建國

江蘇

許仲

安徽

劉傑、宋貞漢、唐九藏、雨馨

福建

李國梁、林淑偉、陳天培、藍雲昌、陳明寶、姚金生、王嘉慰、陳學梁、陳天培、郭婉珠、茅茅、陳瓊芳、劉一承

江西

蔡思彬、紫藤聽雨、鄒水玲

山東

神馬、付學彬、馬啟代

河南

陳守璽、邵亞利、曹陽旭、丁夢、張聚卿、王凱信、韓思義、何廣才、宋恪震、王學慶、梁金玉、張玉琨、馬景援、谷長髮、孟慶論、胡鐵成、劉維舟、非花非霧

湖北

林藍、曹鳳仙、熊衍璋、易木貴、郎帆

湖南

段樂三、黃明燦、王東亮、李繼游、成應良、李德國、晏定祥、劉班謀、劉衛軍、林勝男、夏建輝、劉若男、范立文、夏江、徐莉、楊鸝、靜萍、劉東英、陳卓甫、魯漢懷、段賽君、楊妍、何星梅、楊躍靖、劉芳、陳勇、郭和生、肖岳雲、吳益新、徐松柏、夏冰冰、曹春初、謝一平、楊善鈞、賈麗雲、郭立華、鐘道生、莊莊、鄧令君、彭佑明、俞首成、張至剛、塗光明、彭進、蘇山雲、周東欣、徐國民、何炳漢、郭德雲、高光、孟延、言建中、周均生、勞凱文、陳雪均、文志道、伍連生、伏金蘭、安菊梅、劉德堯、鄒新建、易文波、劉仕娥、陳其璋、魏文、周偉球、張問群、金絲燕、歐陽梅先、雪陽、孟德潭、孫仲琦、李宴民、雷國高、樊建國、彭君華、鄭海泉、孟雪陽、乜無實、李承武、萬石詩、蔣春濤、鄒學鋒、吳儒席、肖育花、楊騰貴、陶文荃、肖志平、劉玉林、彭少英、田雲程、諶政綱、王軼民、謝旭東、黃晏明、朱建宏、蘇明生、諶傑峰、李彰國、陳炳文、詹易成、李榮華、劉慶安、江山、龍可英、羅紹裘、朱林清、吳神保、張孝凱、萬成、丁麗萍、高媲稊、詹梅村、張建國、劉曙光、王智君、薛竹聲、劉先凡、孫月英、蔣蒲雲、夏自強、陳若平、詹岳高、符少先、夏可池、李建雲、羅孟冬、徐德純、樊希洪、張昱昕、陳玉蘭、吳建華、李伏蓮、鍾愛群、薛勝寶、薛曼華、周翠蘭、陳德普、鍾國珍、夏支左、曾敢想

廣東

陳日光、陳郴、浩天、小宋、宋鋼、翁奕波、林馥娜、公羽

廣西

楊鳳霞、黃太茂、林善似、黃麗燕、黃憶融、陳燕、楊佩雲、周新玉、陳協明、羅惠芳、查蜀君、黎俊國、唐玲芝、黃火嬌、陳海亮、呂淑藩、龍秀華、羅正平、鍾素冰、湯菊香、唐宜福、何玉芳、甘漢全、蘇雪琴

海南

王錫輝、歐亞伶

重慶

劉有惠、何意華

四川

松林灣

貴州

任若綿、任達瑜、吳登權、張國祥、張洪進、田雲美、張革生、郭應江、鄭能、王朝驌、馬銘、王俠飛、劉太平、吳登權、楊德淮、湯良松、楊秀能、李溫欣、任繪竹、盧維貴、張益富、陳國才、田誠、李益民、邱芳、李飛燕、李功炎、李達才、王春燕、秦鳳凰、稅令華、羅君維

雲南

楊光、劉陽琨、林郁文、林楓

陝西

程龍女、李廣利、楊青雲、喬樹宗、于水、郭健、王秦香、胡寶玲、馬越民、凌峰、田沖

甘肅

張德華、富永傑、彩虹、車俊

青海

程子龍

寧夏

魯宏

新疆

穆白絲、齊範軍

香港

阿兆、念慈

澳門

洪斯堅、伍慧齡、金千里、伊江客、李建民、程祥徽、振翔、劉澤彬、西江客、海角遊雲

臺灣

崇喜、劉小華、曾明美

紐西蘭

林爽、于治水、曹志標、智樂、藍天白雲、醉老頭、高毓鈴、何應雄、林學信、陳炬強、賴蒿、夢詩、林寶玉、孔薇薇、沙海一粒、約翰陳、胡乃文、謝重閣、月梅、周覺

美國

王克難、南林、顏文雄、劉詠平、雲霞、任安蓀、家麟、劉俊民、嘉霖、龔則韞、典樂、吳慧妮、張鳳

日本

萩原通男、長穀川隆、竹田憲生、塚越義幸、芋川次郎、高橋涉、秋葉曉子、石倉秀樹、陳興、一地清愁、今田述、莫順清、華純

巴西

蔡正美、滕林、恩里、區少玲、鍾啟文、任重、周長莉

澳洲

婉冰、巧緣、心水、葉膺焜、唐飛鳴

新加坡

烈浦、碧峰、林喬、凌祥

緬甸

雨風、禹風、王崇喜、棋子

德國

呢喃、麥勝梅、昔月

加拿大

嚴志章、三木風、張馨元

法國

Chit、郭錫濤

英國

尹國明、劉平香

印尼

林文錦、西河子

荷蘭

何寶瓊

泰國

晶瑩

瑞士

朱文輝

越南

謝振煜

西班牙

張琴

菲律賓

靖竹

世界漢俳首選

二‧網上酬唱

三‧風雅漢俳

世界漢俳首選

一・同題詩

第一次風雅漢俳同題詩：櫻花

原刊於 2012 年 8 月 28 日紐西蘭中文先驅報〔先驅教育版〕
發起人：段樂三（中國）、林爽（紐西蘭）
本次出題人：林爽（紐西蘭）

林爽（紐西蘭）
綠徑盈春豔／羞趕白雲映藍天／佳人粉笑嫣

段樂三（中國）
湖岸一堤櫻／風和日麗動春情／飄逸表芳心

丁夢（中國）
誰家女浣紗／一樹彩霞一樹花／霓裳天上掛

馬銘（中國）
朵朵彩雲飄／千萬嬌仙相擁笑／伊人花下俏

于治水（紐西蘭）
櫻花沐朝霞／燦爛姿俏任瀟灑／春日展英華

王立群（中國）
迎春浴和風／綻放枝頭紫嫣紅／朵朵秀玲瓏

王俠飛（中國）
海岸碧雲間／朵朵櫻花似火燃／姑娘笑靨豔

王瑞祥（中國）
碧空漫天霞／仙游幻境醉英華／幽香掛枝丫

伏金蘭（中國）
昨夜千枝小／今朝綻放香風嫋／蜂蝶喧紛繞

任少歌（中國）
幅幅嫋娜身／和風酥酥染朱唇／吻香滿園春

任若綿（中國）
雲川料峭春／繽紛如雪任牽魂／花露灑祥禎

安菊梅（中國）
一夜萬花開／園林醉染客遊來／花期久久哉

劉傑（中國）
空靈存本真／隨風起舞未沾塵／枝間偈語頻

劉太平（中國）
緋紅的輕雲／頻頻飄動彩綢裙／裙帶染綠茵

劉若男（中國）
綻放一樹紅／馨香默默托和風／香飄萬里程

劉德堯（中國）
櫻花滿枝頭／畫意詩情似水流／墨客興難收

陳日光（中國）
清純似雪花／香韻淡淡亦瀟灑／蜂蝶舞花下

陸玲妹（中國）
七天浪漫妝／一見鍾情鬧春忙／品潔愛不忘

吳登權（中國）
無畏印芳蹤／媚豔東風舞嬌紅／化泥也從容

鄒新建（中國）
叢叢結珠璣／葉翠花俏披繡衣／羞昵點紅怡

李繼遊（中國）
燦爛勝雲霞／待到綠豔滿枝丫／入泥孕新花

李德國（中國）
綻放滿園春／鮮紅淡白彩繽紛／笑迎五洲賓

易文波（中國）
昨日還含羞／一夜春風花爛漫／好美櫻花圖

范立文（中國）
滿樹雲霞耀／粉白嫣紅朵朵俏／爭倩枝頭鬧

周偉球（中國）
櫻花醉陽春／朵朵嬌妍桃粉紅／幽香襲遊人

晏定祥（中國）
滿樹燦如霞／幽香飄進萬千家／豔麗襯繁華

夏建輝（中國）

仙子臥枝頭／半睡半醒半含羞／可否惹春愁

婉冰（澳洲）

春日展芳容／粉黛微添倚枝叢／嬌柔迎清風

黃明燦（中國）

紅粉妝山崖／何必隨俗醉流霞／學學韋陀花

註：韋陀花即曇花別名

程龍女（中國）

風暖櫻花開／幽香淡淡逗蜂癲／朵朵惹人猜

曹志標（紐西蘭）

花開在園中／枝梢剪綵笑東風／人賞讚花紅

第二次風雅漢俳同題詩：鬱金香

原刊於 2012 年 10 月 9 日紐西蘭中文先驅報〔先驅教育版〕
發起人：段樂三（中國）、林爽（紐西蘭）
本次出題人：林爽（紐西蘭）

林爽（紐西蘭）

荷蘭國花豔／繽紛幽雅綠地戀／風姿媚笑顏

段樂三（中國）

甸綠展瓊場／男男女女鬱金香／人馨花更芳

王俠飛（中國）

谷底寄金身／幽徑清次待麗人／碧空滾滾雲

王建樹（中國）

樓內花盆栽／鬱金香氣漫陽台／只緣窗推開

楊德淮（中國）

美豔不須誇／縷縷清香贈大家／終成世界花

黃明燦（中國）

雖然高貴身／傳情達意種愛心／伊甸勤耕耘

易文波（中國）

姹紫紅粉黃／高貴典雅味芬芳／為愛表衷腸

李增山（中國）

不奢也不嗇／醉人香氣醉人色／燃盡一腔血

李君莉（中國）

拉起紅花手／寫下今生一個緣／老也不嫌醜

李國梁（中國）

粲然佳日迎／芳蕾如杯美意呈／醉人尤醉情

陳郴（中國）

七彩鬱金香／百花鬥豔數它靚／情侶最思量

何寶瓊（荷蘭）

鬱鬱園中現／金風玉露巧相逢／香花播豔名

王克難（美國）

荷國風姿豔／萬紅千紫朵朵媚／綠葉叢中醉

浩天（中國）

花豔不在香／繽紛五彩多麗亮／還看鬱金香

智樂（紐西蘭）

美麗鬱金香／花開燦爛吐芬芳／騷人賦錦章

文志道（中國）

庭院鬱金香／一枝獨秀靚西廂／長伴讀書郎

林淑偉（中國）

靈骨透晶瑩／清幽無語悟前生／何事負芳卿

湯良松（中國）

春風千盞醉／月灑珍珠酌玉醅／芳魂夢又回

陳雪均（中國）

山坡抹彩雲／千萬香醇與玉盅／蜂蝶舞花叢

楊平（中國）

形態品端莊／婷婷玉立含苞放／它叫鬱金香

蔡思彬（中國）

洋荷賦雅稱／紅黃白紫笑迎賓／獨放一枝春

藍天白雲（紐西蘭）

迷人鬱金香／醉倒李白在異鄉／古老的具象

小宋（中國）

美麗鬱金香／花朵嬌豔質高貴／願君多珍惜

醉老頭（紐西蘭）

鬱金香滿園／亭亭玉立氣不凡／最美花苞含

神馬（中國）

人間富貴花／香漫海角天之涯／夢裡我想她

第三次風雅漢俳同題詩：籠鳥

原刊於 2012 年 12 月 18 日紐西蘭中文先驅報〔先驅教育版〕
發起人：段樂三（中國）、林爽（紐西蘭）
本次出題人：林爽（紐西蘭）

林爽（紐西蘭）

喞喞哀怨鳴／聲討主人涼薄情／囚我心難平

段樂三（中國）

玩耍押飛禽／綠地藍天苦苦尋／這人無善心

劉慶安（中國）

方寸無作為／華居玉食究堪悲／天高任鳥飛

黃明燦（中國）

百囀千萬聲／只為自由鳴不平／勸君拆囚籠

浩天（中國）

平心靜思量／一天勤練三遍唱／苦思籠外揚

姜英文（中國）

飄雪的北國／誰聽到我的鳴叫／心比雲兒高

陳學梁（中國）

晨掛公園樹／不知籠外有青天／獨居最可憐

陳郴（中國）

籠中金絲鳥／啼聲搏得主人笑／誰知儂心焦

高毓鈞（紐西蘭）

跳上又跳落／主人對我真不薄／心裏難快活

Chit（法國）

呀呀白眉鳩／陷身囹圄恨怎休／化羽頌自由

江山（中國）

毛色赤橙黃／歌聲動聽意綿長／惜在竹籠藏

神馬（中國）

金屋百般鳴／不及林間自在情／望斷翠柳屏

任少歌（中國）

囹圄向天鳴／懊悔貪食意忘形／悲淚灑囚籠

勿忘我（中國）

金屋藏阿嬌／盡顯羽毛強賣俏／苦悶自己曉

陳日光（中國）

人疑我心歡／有翅難飛空悲憤／此情何以堪

王瑞祥（中國）

欲哭淚無痕／你好謝謝語不真／仰天歎息深

張問群（中國）

嚶鳴鬧唧唧／昂頭常將虜士噓／吾自有房棲

雨馨（中國）

本在雲中歌／今陷籠囚掛高閣／空啼北風和

藍天白雲（紐西蘭）

喞啾情韻幽／觀天惆悵自歎愁／何時能解憂

紫藤聽雨（中國）

金絲囚吾身／啼鳴取寵籠外人／淚流肚裏吞

智樂（紐西蘭）

雄鷹展翅飛／小鳥囚籠心內悲／何時露笑眉

孤芳自賞（中國）

金屋美嬌娘／翠羽丹冠錦霓裳／悲憐唯己嘗

夏桂雲（中國）

啾啾啾啾啾／聲聲淚滴喚自由／快快放我走

陸玲妹（中國）

勸君棄鳥籠／任它振羽遊太空／人禽天地情

魏文（中國）

可憐籠中鳥／終日被囚心生憂／何時能自由

雷海基（中國）

昨夜夢中娘／江邊尋覓樹間翔／醒來淚汪汪

小宋（中國）

鳥被人所囚／可歎人亦被物囚／自由往哪求

第四次風雅漢俳同題詩：鉤上魚

原刊於 2013 年 1 月 29 日紐西蘭中文先驅報〔先驅教育版〕
發起人：段樂三（中國）、林爽（紐西蘭）
本次出題人：Chit（法國）

Chit（法國）

顫顫鉤上鮒／絕語擺尾辭江湖／深悔婪餌苦

林爽（紐西蘭）

入口鉤難離／奈何貪婪成大敵／入彀悔不及

段樂三（中國）

魚欲未三思／生貪咬口酥香食／鉤上有何知

高毓鈐（紐西蘭）

見腥心莫貪／搖頭擺尾苦難堪／免成盤中餐

陳郴（中國）

我哭漁人笑／世上難覓後悔藥／終成盤中餚

智樂（紐西蘭）

假日來垂釣／喜見魚兒心內笑／怡情休急躁

何應雄（紐西蘭）

人生憑際遇／海底撈針偏偶遇／頓成鉤上魚

嚴志章（加拿大）

月老下雙鉤／金龜錦鯉上輕舟／市儈良知羞

阿兆（中國）

哀哀鉤上魚／為食犯險人笑愚／悔恨已太遲

巧緣（澳洲）

沽名復釣譽／虎口魚鉤自歆歟／沽喜意何愚

言建中（中國）

本在水中悠／一點饞心上鉤釣／空教血淚流

黃明燦（中國）

總有垂綸人／金鉤香餌釣貪心／痛失魚水親

陳日光（中國）

貪婪吞餌魚／後悔不該為利驅／鉤上歎唏噓

黃太茂（中國）

水裡逐波流／暢遊四海啃全球／貪婪吃苦頭

周均生（中國）

美女鉤上魚／風月總是夢幻虛／人重少貪欲

徐國民（中國）

見利起貪心／不勞而獲囵圇吞／鉤上不留情

何炳漢（中國）

悠哉綠水遊／難禁釣餌馨香誘／吞鉤小命丟

楊光（中國）

魚嘴香餌銜／戲與被戲事兒玄／人心掛鉤尖

宋貞漢（中國）

竟被掛中天／後悔當初把餌貪／淚共水漣漣

張聚卿（中國）

人生似雲煙／美色金錢鬼門關／法網逮貪官

易文波（中國）

美餌引涎滴／擺尾緊迫終入口／豈料悔不及

陳天培（中國）

寄語眾生靈／莫學吾儕貪小餌／鉤上淚淋淋

韓思義（中國）

餌料水中藏／因貪卻把命兒喪／悔夢枕黃梁

藍雲昌（中國）

悔得肚腸青／天生浪蕩好葷腥／尾搖已不靈

陳明寶（中國）

香餌令魚妒／食吞刺鱷痛難步／滑行加速度

劉陽昆（中國）

誘餌是虛生／巧吞豪奪豈無聲／捉將鍋裡烹

一・同題詩

1
9

姚金生（中國）

不該謀外物／小命今朝何去處／食客口中福

勞凱文（中國）

名利上金鉤／肥魚貪食樂悠悠／聲譽一時休

陳雪均（中國）

一尾上銀鉤／線牽膽破水中游／奈何無走途

伍連生（中國）

錢固是金戈／非分之財不可求／入口便成囚

高光（中國）

湖寬江水長／自由生活忌非常／誘餌釣貪婪

第五次風雅漢俳同題詩：詠梅

原刊於 2013 年 3 月 26 日紐西蘭中文先驅報〔先驅教育版〕
發起人：段樂三（中國）、林爽（紐西蘭）
本次出題人：林爽（紐西蘭）

林爽（紐西蘭）
寒梅入暖房／浮香暗動凝芬芳／疏枝綻繽紛

段樂三（中國）
你說我摹誰／花花世界未追隨／清寒一樹梅

嚴志章（加拿大）
冰雪落梅彎／西施柔美戲銀鷴／撥白光難還

王克難（美國）
紅梅枝頭唱／千山萬水情意長／朵朵訴芬芳

華純（日本）
小春攀枝丫／風轉天筆潤顏色／墨染幾分白

洪斯堅（中國）
折梅不折枝／待到朱顏殆盡時／餘香誰不知

伍慧齡（中國）
香風滲廡門／寒梅隱雪素艷來／望春先登台

烈浦（新加坡）
歡詠梅花頌／春來秀氣迎風中／賀歲心情同

心水（澳洲）
八月臘梅開／庭園吐艷迎春來／拈花香常在

王崇喜（緬甸）
瑞雪初化窗／寒梅一剪綴憑欄／拂袖有餘香

巧緣（澳洲）
傲骨凝霜凍／舞雪驚破梅花弄／節氣清風頌

阿兆（中國）
寒梅凌霜雪／紅英浮香乾坤潔／春來魂未絕

黃明燦（中國）
生來不平常／鐵骨柔情邀群芳／冰心鬥凝霜

言建忠（中國）
孤山處士家／閒雲野鶴樂無涯／微吟窗月斜

李國梁（中國）
寂寞鎖閨愁／不嫁東君不甘休／破寒贏自由

丁夢（中國）
暗香迎賓客／不肯回眸事君色／風霜亦同樂

黃太茂（中國）
飄零雪片斜／冰姿玉骨潔無瑕／傲立報春花

楊躍靖（中國）
凌寒獨自開／欲將春色蕊中埋／踏雪總徘徊

劉芳（中國）
漫野白皚皚／寒梅一樹獨自開／何懼風塵來

晏定祥（中國）
飄雪覆梅花／勝似美人著羽紗／清香潤萬家

李德國（中國）
朔風裏雪飛／梅花勁放散芳菲／妖嬈兆春歸

遠山（中國）
瓶中一束梅／朵朵花開最嫵媚／只消伴清水

錢希林（中國）
踏雪去尋梅／滿山遍野一片白／香飄梅花開

高野根（中國）
園中一株梅／風霜雨雪花自開／寂寞待春來

王瑞祥（中國）
傲雪鬥冰霜／暗香疏影氣軒昂／含笑報春芳

陸玲妹（中國）
獨傲風雪中／無蜂無蝶誰與共／暗香春心動

王曉華（中國）

夜寒月色白／獨有瘦梅迎風開／幽幽暗香來

葛放（中國）

持箋雙眉蹙／斜梅書案暗香沁／筆拙難繪情

周樹莊（中國）

梅花綻新枝／古來多少詠梅詩／漢俳亦如斯

韓思義（中國）

品高風骨堅／盛開獨在百花殘／報春自當先

肖育花（中國）

堂前一樹梅／不懼凌雪凜風摧／昂首獨自開

陶文荃（中國）

春遊向物華／猶憶夜香寒梅花／報春人人誇

第六次風雅漢俳同題詩：慈母頌

原刊於 2013 年 5 月 7 日紐西蘭中文先驅報〔先驅教育版〕

發起人：段樂三（中國）、林爽（紐西蘭）

本次出題人：林爽（紐西蘭）

林爽（紐西蘭）

強顏喜參哀／特為期頤賀壽來／淚眼看癡獃

念慈（中國）

含悲念母愛／風燭殘年耄耋在／癡呆也無奈

智樂（紐西蘭）

母頌詩詞詠／孟郊《遊子吟》情重／今人意切抒

巧緣（澳洲）

慈思付銀針／母難劬勞遊子恨／頌讚三春恩

王崇喜（澳洲）

三歲不離懷／仰俯滋育髮雲衰／遊子他鄉哀

阿兆（中國）

母親古今頌／感恩達德泛愛眾／創世界大同

蔡正美（巴西）

慈暉似朝陽／日日照拂盼兒壯／光耀兒方向

呢喃（德國）

無悔亦無怨／母愛意深比高山／細語似呢喃

林學信（紐西蘭）

甜憩輕車動／柔懷吮乳小歌聲／胳枕酣夢中

烈浦（新加坡）

濕漉越山墳／志在清明祭娘來／哪怕風雨殘

王克難（美國）

不惑之年喜／臺北摩西婆婆筆／依然風華起

註：母親王左錚七十歲首次個展有感

麥勝梅（德國）

慈母夜來歸／寒暄問暖映慈暉／夢醒倆相隔

雨風（緬甸）

雞豬狗貓旁／身影穿梭罵聲強／圍爐說農忙

心水（澳洲）

母親雪中立／生離死別風雨泣／慈暉感天地

註：1985 年往德國探親、重病母親雪地飲泣送別，先母音容歷歷在目。

婉冰（澳洲）

慈顏勝日月／朝夕關懷愛不輟／燭殘憐燈滅

段樂三（中國）

母親多少情／世上無人敘述清／懷想即溫馨

黃明燦（中國）

一臉堆慈祥／一心只為兒女忙／一身舊衣裳

王俠飛（中國）

倚門白髮寒／切望遠洋子女還／天涯母愛連

王建樹（中國）

將兒拉扯大／復將愛孫帶到大／重孫床上爬

楊德淮（中國）

漸次長成人／渾身上下母恩深／無語對黃昏

黃太茂（中國）

萱草溢溫馨／奶汁親情比海深／永懷慈母恩

何廣才（中國）

酒酹塋前土／無盡春暉盈肺腑／淚濺桃花雨

宋恪震（中國）

母愛最純粹／為兒甘認心操碎／不啻朝暉被

王學慶（中國）

白髮共慈顏／善待鄉鄰笑語甜／小院活神仙

梁金玉（中國）

一鍋青菜湯／下顧嬌兒上敬娘／媽媽撈月光

張玉琨（中國）

昨夜夢童年／兒牽母挽到田間／此夢最香甜

馬景援（中國）

童年寒夜燈／照清慈母補衣影／針針無限情

谷長髮（中國）

母乳養成人／古稀銀髮倍思親／清明必上墳

王凱信（中國）

回報幾曾聞／一世操勞為子孫／母愛最純真

韓思義（中國）

母愛重於山／養育之恩勝血緣／行孝在今天

李君莉（中國）

餘音繞耳畔／最親最憶美之音／母親的呼喚

任少歌（中國）

小兒偎懷中／一夜謠歌哺霞紅／不竭乳下情

歐陽梅先（中國）

駕鶴三十春／每瞻遺像痛心神／含淚憶慈恩

程龍女（中國）

青絲熬成霜／勤儉持家日夜忙／兒孫已同堂

孟延（中國）

當母養兒忙／忙吃忙穿上學堂／辛勤臉蠟黃

許仲（中國）

歸鄉見母親／村外白髮望兒行／相擁淚沾襟

第七次風雅漢俳同題詩：世界漢俳大展

原刊於 2013 年 7 月 16 日紐西蘭中文先驅報〔先驅教育版〕

發起人：段樂三（中國）、林爽（紐西蘭）

本次出題人：王克難（美國）

王克難（美國）

情意貫四海／天涯比鄰齊開懷／能不吟漢俳

林爽（紐西蘭）

推廣寫漢俳／雅風飄洋越四海／詩花處處開

段樂三（中國）

世展覽名牌／我是詩人新一派／歡心亮漢俳

陳郴（中國）

世界識漢俳／中為洋用唐風在／妙句上擂台

黃明燦（中國）

看花看半開／世界文苑添漢俳／鮮豔久不衰

李榮華（中國）

藝苑百花香／漢俳承繼漢詩長／春色出籬牆

王東亮（中國）

漢俳似東風／吹得地球綠茸茸／萬國喜迎春

黃太茂（中國）

環球盛漢俳／東西詩苑百花開／吟誦暢胸懷

孟憲明（中國）

俳草春意濃／美化寰球志豪雄／信步五洲行

孫仲琦（中國）

俳音響玉琴／悠揚脆雅自清純／異聲萬國吟

李承武（中國）

流韻五洲傳／妙筆生花結善緣／一覽水雲寬

侯振發（中國）

俳葩中國開／世界詩人跟著來／吟唱特抒懷

張德華（中國）

漢俳無國界／瀛寰四海促和諧／世界大團結

張光明（中國）

漢俳巧玲瓏／步韻唱和全球通／華人同抒情

孫江（中國）

我是兩面派／新詩舊詩皆喜愛／尤其寵漢俳

王嘉慰（中國）

漢俳迎眾愛／熱情傳播用心栽／全球豔豔開

劉麗瑩（中國）

共聚吾輩才／飛揚五洲競風采／同心寫漢俳

蘇紅軍（中國）

世界漢俳聚／舊雨新知融心曲／溫馨添情趣

蔡正美（巴西）

文壇花盛開／鏗鏘詩韻揚四海／漢俳敘情懷

心水（澳洲）

深秋撰漢俳／意象繽紛靈感來／好詩世界愛

註：五月是墨爾本深秋時季

烈浦（新加坡）

以漢俳結友／五湖四海智慧集／妙詩雋語輯

屈寶宸（中國）

漢俳揚五洲／博大精深無盡頭／任我亮歌喉

屈仲誠（中國）

五洲風與情／十七字韻盡包容／詩人夢相通

萬石詩（中國）

地球村裡忙／瓊花浪舉漢俳妝／春風陣陣香

蔣春濤（中國）

朴林制漢俳／玲瓏小巧正良材／世界湧詩來

王錫輝（中國）

五洲俳紛飛／爭妍百花皆姐妹／花開無國界

屈杏偉（中國）

漢俳酬五洲／詩朋同醉詠春秋／玉盞對金甌

浩天（中國）

卑人愛漢俳／半是詩歌半詞牌／簡約好抒懷

禹風（緬甸）

鏗鏘你我他／大千舞台處處家／平仄響天涯

巧緣（澳洲）

漢俳越國界／宣揚國粹莫鬆懈／文匯聚祥泰

王崇喜（緬甸）

漢俳四海吟／八路文風日月新／短句抒長情

麥勝梅（德國）

繽紛且惜墨／文壇瑰寶新生力／首推漢俳詩

呢喃（德國）

四海興漢俳／以文會友樂開懷／吟唱不徘徊

許仲（中國）

漢語寫心懷／結識詩家添友愛／深情聚漢俳

阿兆（中國）

漢俳如燭光／勵志明心燃希望／匯五洲炎黃

約翰陳（紐西蘭）

詞窮恨墨少／欲尋佳句問推敲／方知漢俳高

賴蒿（紐西蘭）

漢俳對對排／五洲朋友一起來／齊聚樂開懷

第八次風雅漢俳同題詩：月

原刊於 2013 年 9 月 10 日紐西蘭中文先驅報〔先驅教育版〕

發起人：段樂三（中國）、林爽（紐西蘭）

本次出題人：浩天（中國）

浩天（中國）

皓月照千里／點亮人間萬家喜／天曉她躲起

王克難（美國）

白玉盤清悠／霓裳羽衣奏未休／一年又中秋

陳炬強（加拿大）

佳人奔月走／天梯難尋上高樓／獨飲丹桂酒

陳郴（中國）

月圓人圓否／幾多親朋路上走／對月揮揮手

林爽（紐西蘭）

怕見異鄉月／曾經團圓今已缺／佳節何悲切

智樂（紐西蘭）

中秋快來臨／人間碧落共團圓／詩人樂意吟

夢詩（紐西蘭）

月兒像檸檬／白淨素臉照穹空／溫柔展歡容

烈浦（新加坡）

祖孫共提燈／再攀高樓捉皎月／臨下湖影明

麥勝梅（德國）

夜靜月皎潔／中秋闔家齊慶節／吟詩誦娥姐

阿兆（中國）

玉盤何皎潔／淨化三才猶勝雪／寰宇同涼熱

馬越民（中國）

古今同一月／新月道是從頭越／依然又現缺

許仲（中國）

風過雲遮月／故鄉今昔中秋夜／望鄉空對月

Chit（法國）

天穹漫清輝／悄入人夢小輪迴／滿後盡是虧

林寶玉（紐西蘭）

玉兔懸天際／憾恨難平遙託寄／輾轉訴唏噓

尹國明（英國）

萬年月缺圓／有誰能享千年壽／感恩度每天

宋鋼（中國）

今夜月正圓／把酒思鄉在中庭／盼望早團圓

金千里（中國）

皓魄照關山／清輝銀碟影斑斕／佳節盡歡顏

林學信（紐西蘭）

紐地明月寒／客久天涯憶故園／思念也枉然

心水（澳洲）

古月照親人／前世來生難相認／冬夜冷風吟

呢喃（德國）

風吹花凋謝／物是人非星空夜／滿眼思親切

崇喜（臺灣）

桂蟾虧復盈／最怕五三白景生／歸雁忽成行

伊江客（中國）

明月掛空中／神州大地慶賀隆／萬戶樂融融

賴蒿（紐西蘭）

月明花落去／流光逝水不復回／秋月人唏噓

段樂三（中國）

皓月撫人寰／幽住私情小港灣／妻月照家常

黃明燦（中國）

洞庭掛玉盆／漁火點點似昏昏／平湖月近人

黃太茂（中國）

圓鏡喜高懸／嫦娥藥妙化成仙／李白誦床前

李榮華（中國）

如約出東山／誰家小夥曳珠環／團扇半遮顏

葛放（中國）

炎暑浮躁淫／唯有夜半仰望君／凡心漸欲寧

劉慶安（中國）

明月照鄉關／從此嫦娥不孤單／神舟任往還

王東亮（中國）

當空寶鏡升／皆言五湖四海明／安知無雨雲

李君莉（中國）

剪下一段愁／迭成夢幻搖啊搖／搖到月中游

韓思義（中國）

月色滿星空／筐筐月餅送軍營／慰勞子弟兵

任少歌（中國）

月兒水裡彎／好像媽媽唇兩片／一吻一個甜

陳日光（中國）

圓月可知否／思念勾兌桂花酒／一口醉神州

石華（中國）

明月伴我行／開懷筆墨寫心聲／中華正復興

李德國（中國）

寂寞蟾宮冷／灑落銀輝成夜景／風搖花弄影

孫仲琦（中國）

皓月掛東山／燦爛銀輝照大千／漫舞步姍姍

孟憲明（中國）

圓魄光滿天／孤影異地秋露寒／夜夜夢鄉關

李承武（中國）

翹首月當窗／桂影婆娑陌上桑／一笛滿庭芳

萬石詩（中國）

海上月華知／遊子離情共此時／最苦是相思

劉曉明（中國）

愛居水中央／任憑蝦戲魚翱翔／逗猴空思量

第九次風雅漢俳同題詩：人生

原刊於 2013 年 11 月 19 日紐西蘭中文先驅報〔先驅教育版〕
發起人：段樂三（中國）、林爽（紐西蘭）
本次出題人：夢詩（紐西蘭）

夢詩（紐西蘭）
人生是什麼／幾許悲歡與對錯／笑看風雲過

段樂三（中國）
人生生有情／情繫創優一顆心／甜古蜜如今

林爽（紐西蘭）
人生何匆匆／日落西山晚霞紅／旅途需珍重

烈浦（新加坡）
何言人生福／相投志趣連續流／華詩環宇書

碧峰（新加坡）
人生悲喜憂／一杯米酒穿腸過／仰蒼穹高歌

孔薇薇（紐西蘭）
人生本如夢／夢醒夢迴如是風／風過是緣分

沙海一粒（紐西蘭）
人生多岔路／切莫盲從入歧途／鑄就終身誤

智樂（紐西蘭）
人生應快樂／切莫憂愁得病容／博覽趣無窮

晶瑩（泰國）
人生幻如夢／日耀月輝皆盛境／卻戀星朦朧

棋子（緬甸）
人生一扇門／踏遍紅塵返歸真／杯土祭黃昏

浩天（中國）
有人為自身／也有為人獻己身／問君為誰生

馬越民（中國）
人生如旅遊／神仙下凡世間游／宇宙走透透

劉小華（臺灣）
人生晴與雨／總在眼前瞬間過／何須鎖眉頭

心水（澳洲）
甜酸苦辣鹹／五味雜陳皆嚐遍／夢幻亦如電

婉冰（澳洲）
舞台演繹忙／哭笑漸絕恨亦藏／回首夢蒼茫

阿兆（中國）
人生雖有時／上下求索鑄小詩／悟道無憾矣

李建民（中國）
人生單程票／有去無回需掂量／無太多時間

丁夢（中國）
人生太匆匆／風花開在雪月中／有愛便不同

林文錦（印尼）
結交天下士／相互謳吟相勉志／人生當如是

尹國明（英國）
人生崎嶇路／得失成敗掌中操／回首巳日暮

劉平香（英國）
人生匆匆過／多行善事莫虛渡／無憾到終老

葉膺焜（澳洲）
浮世一場夢／無情歲月輕枉送／白頭歔籲濃

麥勝梅（德國）
亂世寧棄兒／世紀逃亡淪為乞／人生歡幾何

Chit（法國）
今夕復今夕／小子日坐八萬里／人生弄影裏

非花非霧（中國）
人生路曲折／情到濃時忽離散／重逢霜林晚

宋鋼（中國）
人生能幾番／少年光景宛如昨／再見鬢髮斑

伊江客（中國）

人生似攀登／翻過一坡又一峰／仍在大山腰

黃明燦（中國）

人生一部戲／自編自導自演繹／成敗看自己

劉有惠（中國）

百舸滄海間／波峰浪穀追夢影／夕照送歸帆

蒲春香（中國）

平生難閒息／春蠶吐絲濃濃意／老來圖樂趣

段祖群（中國）

人生路遙遙／荊棘叢生坦途少／刀劈光明道

林勝男（中國）

人生一台戲／演繹春夏謀甜蜜／好好去珍惜

俞首成（中國）

酸甜苦辣鹹／紅塵五味在其間／拼搏莫等閒

彭佑明（中國）

生如一亮星／運行人宇閃光明／至死耀天庭

歐亞玲（中國）

哇的一聲哭／人生落地剛起步／小心路彎曲

邵亞利（中國）

戲外人看我／是非功過任評說／半世付蹉跎

劉曉明（中國）

一生覓知音／風沙吹盡始見金／真金見真心

劉敏（中國）

匆匆度光陰／漫漫征途覓知音／詩詞伴古今

肖志平（中國）

歲月履蹉跎／人生道路本坎坷／淡泊名利樂

孟志（中國）

貪欲幾翻新／可有人生防腐洞／借雪掩污塵

金絲燕（中國）

追趕自成才／葵花千畝向陽開／科頭心未衰

第十次風雅漢俳同題詩：路

原刊於 2014 年 1 月 14 日紐西蘭中文先驅報〔先驅教育版〕

發起人：段樂三（中國）、林爽（紐西蘭）

本次出題人：小宋（中國）

小宋（中國）

空山幽靜路／樹深花香露沾襟／塵埃都濾淨

許仲（中國）

人生坎坷路／風雨掙扎苦無數／命由自作主

林爽（紐西蘭）

天無絕人處／但求多福改棘途／自有光明路

智樂（紐西蘭）

魯迅曾言路／人間本沒人來築／走者多登足

程祥徽（中國）

途程萬里長／風霜雨雪易迷茫／登高望八方

沙海一粒（紐西蘭）

涼風習習吹／幽香陣陣沁心扉／回家路最美

王崇喜（緬甸）

履跡重且深／始踏荊者人安在／塵埃覆塵埃

Chit（法國）

曲徑若絲線／依依雲天腳印連／情色繡人間

浩天（中國）

明天多美好／東西南北尋我路／同歸有殊途

金千里（中國）

宇路競爭鋒／中華大地起飛龍／實力展從容

伊江客（中國）

人生崎嶇路／險峭懸崖勢似刀／雄心萬丈高

振翔（中國）

神駒征險路／何懼風霜畏嶽高／飛蹄踏塋豪

林楓（中國）

林中黃昏路／老者拄杖蹣跚行／楓紅映晚晴

心水（澳洲）

海陸空途徑／通向神州賞美景／難忘故鄉情

王克難（美國）

離恨春草長／路遙不堪總張望／長年思故鄉

滕林（巴西）

人生之道路／皆由個人自選擇／智者行正途

林喬（新加坡）

東南西北中／縱橫彎曲條條通／人間才圓融

馬越民（中國）

中華復興路／貪污腐敗攔路虎／國人奮起誅

阿兆（中國）

百年崎嶇路／順天愛民行大道／民主是坦途

棋子（緬甸）

茫茫天涯路／踏破紅塵去無處／何處是歸途

孔薇薇（紐西蘭）

同是路上客／相逢未必曾相識／相識信有緣

小華（臺灣）

迢迢千里路／峰迴路轉雲深處／佇足覓前途

麥勝梅（德國）

崎嶇盤山路／蜿蜒曲折雨瀟瀟／路遠長心竅

張琴（西班牙）

漫漫人海路／天涯海角無歸屬／不堪回首處

約翰陳（紐西蘭）

人生幾多五／十個已過莫再呼／何需征新途

胡乃文（紐西蘭）

回家路最親／鄉土鄉音和鄉鄰／兒時憶猶新

一．同題詩

林寶玉（紐西蘭）

迢迢人生路／鶼鰈情深相與度／唯有春知處

呢喃（德國）

漫漫人生路／崎嶇蜿蜒峰又轉／幸福莫迷路

尹國明（英國）

何去又何從／縱橫交錯多選擇／智取成蛟龍

劉平香（英國）

人生荊棘路／辛酸坎坷滿旅途／放下明白處

段樂三（中國）

泥徑暗洇香／漢俳修道想多寬／群智覓欣歡

黃明燦（中國）

生路似爬山／越澗攀崖立頂端／始覺天地寬

李增山（中國）

漫漫人生路／爹娘最是擔心處／蹣跚第一步

楊平（中國）

伸向天涯處／人生落腳無其數／循跡常回顧

李君莉（中國）

人生漫漫長／踢開煩惱踏迷茫／只將快樂藏

李歆（中國）

乘車風弄影／窗外世界變不停／數不盡風景

劉太平（中國）

神昏迷岐途／問心無愧未失足／賴有真純護

楊秀能（中國）

羊腸茅狗路／鐵路公路高速路／樂走時新路

李溫欣（中國）

溫馨學走路／西部開發康莊路／深深印腳步

何意華（中國）

平平仄仄路／桃花源到杏花村／詩酒潤人生

雪陽（中國）

菜市進廚房／媳婦來回變老娘／今生難走完

孟德潭（中國）

出行須識途／窄路當心掉臭溝／寬廣走前頭

林藍（中國）

人生路無數／康莊羊腸任邁步／別誤入歧途

付學彬（中國）

前程路茫茫／醉月一杯入愁腸／李白思故鄉

凌峰（中國）

人生悲喜讀／腳步丈量坎坷路／快樂與幸福

富永傑（中國）

腳踏古素履／折疊千山萬水處／征服天下路

茅茅（中國）

異鄉打拼路／雖曆坎坷多艱苦／卻是謀幸福

陳郴（中國）

足各組成路／何必強求履同步／全為自由故

第十一次風雅漢俳同題詩：回家

原刊於 2014 年 3 月 25 日紐西蘭中文先驅報〔先驅教育版〕
發起人：段樂三（中國）、林爽（紐西蘭）
本次出題人：段樂三（中國）

段樂三（中國）
清明一束花／家遷母墓青松發／兒回看苦媽

林爽（紐西蘭）
祭祖回鄉看／心香一柱淚千行／遊子盡孝難

凌峰（中國）
告老回故鄉／敬孝養育百年安／祖輩享健康

王克難（美國）
日夜念回家／近鄉情怯思如麻／兩行清淚下

郭錫濤（法國）
人間有真愛／哺乳之恩極浩蕩／三亞鹿回頭

林藍（中國）
淚水常流下／打工媽媽想娃娃／夜夜夢回家

智樂（紐西蘭）
親情多友愛／幸福家庭美似花／回家心暢快

沙海一粒（紐西蘭）
慈繩愛索斷／四海漂流仍牽掛／夢裡齊回家

張琴（西班牙）
問君幾多愁／家是一個避風港／在我心裡頭

麥勝梅（德國）
青青回家路／嫋嫋炊煙香飯熟／切切引歸途

林寶玉（紐西蘭）
夜風拂窗櫺／天涯倦客夢鄉情／常懷桑梓敬

棋子（緬甸）
離家路遙茫／叩別慈母心萬丈／衣錦必還鄉

彩虹（中國）
夢裡回老家／楹聯映紅屋前瓦／淚濕枕上花

車俊（中國）
瑞雪迎春早／天地和合魂入土／歸家心似箭

茅茅（中國）
閒思離家前／依稀正是君年齡／陌上捉飛螢

滕林（巴西）
今天不回家／吃喝玩樂痛快活／享盡不如歸

呢喃（德國）
回家路漫長／思親無語心憂悵／團圓在他鄉

心水（澳洲）
奔波風與雪／八千里路雲和月／近鄉情更怯

孔薇薇（紐西蘭）
少年江湖蕩／四海為家數十載／回家夢遙遙

阿兆（中國）
住世懷天家／先人玉露潤百花／歸程乘晚霞

黃明燦（中國）
父母是兒家／人事了了無牽掛／多多看爹媽

孟雪陽（中國）
孩時那個家／林蔥可否水嘩啦／夢裡棗開花

林勝男（中國）
深夜理行囊／親人守候那港灣／千里返故鄉

楊靜萍（中國）
家是避風港／風霜雨雪隔一牆／不懼路途長

何星梅（中國）
外去打工崽／忽忽忙忙往家趕／全家看春晚

文致中（中國）
旅途更思親／風塵僕僕進家門／就為共溫馨

張至剛（中國）

打拼在外邊／白髮娘親在掛牽／兒也很思念

塗光明（中國）

常伴彩雲飛／雁行千里總思歸／春風送我回

彭進（中國）

說年心到家／水遠山長一路發／進門忙叫媽

欲曉（中國）

遊子歸心箭／迢遙千里不知倦／幸福樂伊甸

蘇山雲（中國）

切切歸心急／孫兒學步正踟躕／伸手望爺扶

馬越民（中國）

馬年思馬爸／亂墳崗上呼喊他／兒難覓苦爸

> 註：1965 年，先父因四清運動非正
> 常死亡，草草埋葬，今野鬼孤魂
> 難尋覓

葉膺焜（澳洲）

魂牽萬里外／星移物換載復載／何日圓夢來

尹國明（英國）

甫見家門在／白髮持杖迎前來／三代笑呵呵

小宋（中國）

昨夜夢回鄉／桃花十裡正飄香／睡醒空惆悵

浩天（中國）

男兒闖天下／到處楊梅到處花／衣錦好回家

凌祥（新加坡）

不管路遙遠／千里冰封多險阻／回家意志堅

付學彬（中國）

家是故鄉蕊／一闋天涯愛相隨／客渡夜江水

胡乃文（紐西蘭）

常回家看看／帶回問侯與溫暖／免得親人盼

月梅（紐西蘭）

千里常牽掛／走出機艙急見媽／相擁淚花灑

翁奕波（中國）

何處是故園／慈母倚門聲聲喚／夢裡淚潸潸

烈浦（新加坡）

誰人不想家／窮者多有親情聚／富裕罔相思

第十二次風雅漢俳同題詩：歎潮

原刊於 2014 年 5 月 20 日紐西蘭中文先驅報〔先驅教育版〕
發起人：段樂三（中國）、林爽（紐西蘭）
本次出題人：程祥徽（中國）

程祥徽（中國）

黃河濁浪高／輕舟一葉弄狂潮／波平景更嬌

林爽（紐西蘭）

黃河浪滔滔／一浪更比一浪高／海鷗逐浪遨

段樂三（中國）

幾許示英豪／黃浦江歡湧巨潮／浪高牆更高

黃明燦（中國）

閒時讀史記／潮漲潮落跡難覓／將相在哪裡

孟憲明（中國）

潮流何浩蕩／摧舊誕新慨而慷／請君望錢塘

姜慶齊（中國）

弄潮雪濤聲／雷驅萬驥卷天風／滄浪舞紅旌

孫德政（中國）

新柳萬千條／家家喜氣逐如潮／盛世趕集早

孫仲琦（中國）

臨岸看潮興／滾似黃龍躍似鯨／威勢動山嶺

鄒學鋒（中國）

月引江潮動／齊奔萬馬卷蛟龍／心船任浪沖

夏江（中國）

風起卷千層／淘盡黃沙映上空／靜美夕陽紅

陳守璽（中國）

車潮如跑馬／霧霾若紗宇宙掛／何處有你家

穆白絲（中國）

洋大忘和睦／劣浪興風常作惡／潮起又潮落

林藍（中國）

落潮又漲潮／命運之潮不會少／強者面帶笑

王克難（美國）

潮起潮落巧／碧海萬傾風光邈／人生無限妙

麥勝梅（德國）

功名如潮汐／潮起潮落浪翻騰／智者步鵬程

張琴（西班牙）

看潮漲潮落／滾滾江河浪滔滔／英雄敗錯多

田沖（中國）

大河浪滔滔／幾番沉浮敢弄潮／心潮逐浪高

恩里（巴西）

亞瑪遜浪高／食人魚玲瓏弄潮／美味樂陶陶

浩天（中國）

長江水滔滔／喜看後浪超前浪／神州更妖嬈

凌峰（中國）

波浪追前潮／金沙拍岸久逍遙／還我靜怡橋

胡乃文（紐西蘭）

錢塘觀海潮／波濤洶湧震雲霄／客心意氣豪

沙海一粒（紐西蘭）

穆里懷海浪／玉砌城牆洶湧到／塘鵝齊鼓譟

註：穆里懷海在奧克蘭西海岸，那兒
還是塘鵝棲息地。

月梅（紐西蘭）

觀潮海滔天／聽濤奏響樂曲篇／後浪總推前

孔薇薇（紐西蘭）

喜住白雲鄉／海港清錄輕帆揚／情思寄浪潮

林喬（新加坡）

萬仞潮水湧／滌千古風流人物／笑看諸英豪

滕林（巴西）

浪高又退潮／思鄉懷友萬里迢／祝願如浪濤

阿兆（中國）

怒潮拍岸高／翻江倒海鑄英豪／雄鷹弄波濤

呢喃（德國）

潮前水後追／塵事如潮人如水／夢醒人還醉

郭錫濤（法國）

潮起潮落急／萬馬奔騰千鈞力／共建新中國

朱文輝（瑞士）

陣陣水波濤／獨操孤帆逐風騷／乘浪追狂潮

翁奕波（中國）

無風三尺浪／衝冠怒髮高萬丈／袒胸可翱翔

烈浦（新加坡）

波濤狂起時／埋沒世間古腸情／痛楚淚滿襟

林馥娜（中國）

潮起千帆競／人和文茂五湖清／普天風浪平

Chit（法國）

擁浪天際來／蕩世滌情弄澎湃／雲皆鷗探海

劉澤彬（中國）

江心白練飛／狂潮浪捲撒嬌癡／聲聲似吼獅

茅茅（中國）

嶄然雷山轟／漫漫平沙走白虹／晚日急浪中

小宋（中國）

韓江潮水湧／弄潮人在浪尖上／逐浪真英勇

南林（美國）

潮起浪花急／我願意做衝浪者／任浪花追擊

第十三次風雅漢俳同題詩：養生

原刊於 2014 年 7 月 15 日紐西蘭中文先驅報〔先驅教育版〕
發起人：段樂三（中國）、林爽（紐西蘭）
本次出題人：智樂（紐西蘭）

智樂（紐西蘭）
養生得高齡／笑口常開少煩惱／飲食要均衡

段樂三（中國）
為夫身體妙／她說比誰都重要／為愛你知道

林爽（紐西蘭）
養生先養性／善良勤勞博愛行／自得好心情

王建樹（中國）
平常心態好／荒郊野綠盡瑤草／馨香陪我老

黃明燦（中國）
金銀千萬錠／何不行善濟貧困／積德又養心

春曉（中國）
利祿且平平／休閒養性一身輕／詩潤好精神

晏定祥（中國）
天天萬步行／少思寡欲勿勞心／行善自修身

韓思義（中國）
生命長和短／後天調養是關鍵／且莫等閒看

王凱信（中國）
養生先養心／淡泊寧靜勝人參／無邪壽自臨

王瑞祥（中國）
吟詩練書法／旅遊攝影行天下／得閒四時佳

陸玲妹（中國）
逛逛養心坊／抒胸潤肺氣不藏／心中亮堂堂

馬景援（中國）
人們講養生／只談運動延生命／須知心口靜

乜無實（中國）
知否老聰明／詩書畫秀達人心／頭含腦白金

曾明美（臺灣）
養生很重要／日日喜樂開口笑／百歲常相隨

顏文雄（美國）
與朝陽兢起／公園松下舞太極／樂中蓄養氣

沙海一粒（紐西蘭）
養生變時髦／焉知體質差異大／順其自然好

林馥娜（中國）
修心即養生／寡欲閒情遍體清／健步忘年庚

吳易夢（中國）
修性放寬心／眼眉常笑添情趣／靜養得天音

王克難（美國）
家父習書法／一零四歲方往生／日日不曾停

胡乃文（紐西蘭）
養生重修身／惜氣藏精更養神／常樂莫生嗔

恩里（巴西）
養生兼養顏／健康喜樂意綿綿／人生自在焉

阿兆（中國）
養生善養心／博愛滋補精氣神／食德健體魂

烈浦（新加坡）
平日多養生／不懼體虛損容顏／康健歸心神

陳瓊芳（中國）
為善四時春／得失何須太較真／快樂最堪珍

滕林（巴西）
為何要養生／健康長壽快意通／日夜樂無窮

林喬（新加坡）
養生之道也／戒定貪嗔癡喜怒／怡然自其樂

月梅（紐西蘭）

萬事皆淡然／童心未泯樂消遙／寬容盡開顏

麥勝梅（德國）

淡泊以養生／生命頤養靠環保／野菜成佳餚

Chit（法國）

日間一壺茶／人舞太極我蒔花／健步行林下

劉一承（中國）

緣情多音聲／運氣通經長樂樂／歌唱得養生

南林（美國）

養生我最愛／天天漫步在戶外／人人說我帥

張琴（西班牙）

夜夜甜夢鄉／早睡早起好養顏／精神抖擻樣

呢喃（德國）

習慣徒步走／少肉多菜人抖擻／健身亦長壽

公羽（中國）

得失去心中／難得糊塗步從容／至善不老松

林文錦（印尼）

知足息紛爭／萬事從容即養生／問君能不能

第十四次風雅漢俳同題詩：失約

原刊於 2014 年 9 月 25 日紐西蘭中文先驅報〔先驅教育版〕

發起人：段樂三（中國）、林爽（紐西蘭）

本期出題人：孟德潭（中國）

孟德潭（中國）

邀會也無聊／阿哥遇上奶茶妹／癡情打水漂

段樂三（中國）

受約怡人處／有心前往沒能去／清冷一聲噓

林爽（紐西蘭）

寒冬應不再／麗日和風空等待／只盼春快來

黃明燦（中國）

七夕相約定／葡萄深處依架等／顧盼不見影

李繼遊（中國）

車去倩影空／汽笛餘音咽悲聲／失約痛終生

龍可英（中國）

相約回故里／無奈病魔纏肢體／失約對不起

羅紹裘（中國）

溪岸垂柳絲／有約不歸何所思／匆匆故園辭

唐九藏（中國）

屯浦歸帆遠／落月如玉柳如煙／廊橋遺夢寒

邵亞利（中國）

蛛絲封露台／歲歲盼君君不來／戲言多蒼白

段賽君（中國）

約來終影絕／淡茶雙盞涼如水／心似月牙缺

劉東英（中國）

相期而未遇／愛的旅途誓言滅／放手來終結

夢詩（紐西蘭）

花影疑君來／遙對芳華凝淚裁／黯然獨自哀

王克難（美國）

前日捎書來／門前車馬終日過／細雨燈花落

朱文輝（瑞士）

今生續前緣／陰差陽錯成孤鴛／兩情不成眷

曾明美（臺灣）

汽笛聲響起／東張西望真著急／伊人在哪裡

烈浦（新加坡）

誠信離失約／舉止行為呈美德／品格至上也

周覺（紐西蘭）

尋師數千載／輾轉輪迴墜紅塵／失約在迷中

王崇喜（緬甸）

江煙冷瓊枝／含苞二月盼君至／春風忘花期

西江客（中國）

盛夏炙陽驕／同袂相約泳江潮／山崩地殼搖

金千里（中國）

葡京賭樂聊／同儕約我品新潮／飯錢打水漂

海角遊雲（中國）

薰風月下聊／求哥擬定戌時見／驚雷大雨漂

胡乃文（紐西蘭）

相約又爽約／真假偽善難揣摩／勸君莫蹉跎

阿兆（中國）

君爽約於民／巧言令色鮮矣仁／社稷難安穩

區少玲（巴西）

焦心我徘徊／地磚默數腳步碎／為何把約違

許仲（中國）

風清月影斜／伊人姍姍遲未來／倚門費疑猜

Chit（法國）

月移花枝搖／池畔鴛鴦睡著了／風過影兒渺

鍾啓文（巴西）

誓約如鵲橋／苦澀獨飲純咖味／明月似已遙

心水（澳洲）

當年癡心愛／春寒抖擻苦等待／不見玉人來

孔薇薇（紐西蘭）

曾約在黃昏／追波逐浪笑儂癡／看潮空等待

海沙一粒（紐西蘭）

友請聚茶樓／茶涼味淡等候久／喜樂變憂愁

月梅（紐西蘭）

違諾失千金／德高一言重九鼎／交朋必守信

呢喃（德國）

愛蜜語甜言／喜新厭舊人貪婪／恨分飛勞燕

馬越民（中國）

自由奶茶妹／阿毛有約解放現／今生難相見

第十五次風雅漢俳同題詩：比鄰

原刊於 2014 年 11 月 4 日紐西蘭中文先驅報〔先驅教育版〕
發起人：段樂三（中國）、林爽（紐西蘭）
本次出題人：黃明燦（中國）

黃明燦（中國）
他鄉有佳朋／一線網絡繫西東／江山難阻情

段樂三（中國）
詩人幾許情／網上天涯不老心／宵宵會比鄰

林爽（紐西蘭）
題目期期新／中外詩友同一心／賦俳悅比鄰

李國梁（中國）
春韻隔籬笆／抓把小詩拋給她／兩邊都發芽

劉慶安（中國）
中日相比鄰／千年情誼自宜珍／東海波不興

任少歌（中國）
人鳥好友鄰／同住一房做知音／對語話天倫

曹鳳仙（中國）
鈴響短信到／湘鄂架起連心橋／詩友共歌謠

孟尚（中國）
烏雞一缽湯／備份鄰居奶奶嘗／幫幫助健康

劉班謀（中國）
常想地球人／文明互助日益增／相親同比鄰

劉若男（中國）
惜緣作比鄰／互幫互讓互關心／生活得溫馨

鄭和風（中國）
高樓門對門／家家歡樂聚兒孫／鄰里冷冰冰

王克難（美國）
萬里訴衷情／天涯漢俳弦上音／聲聲若比鄰

烈浦（新加坡）
星洲屋櫛比／多元族群多俗習／鄰裡花爭麗

智樂（紐西蘭）
知心結友朋／海外吟詩抒壯志／豪情唱美聲

沙海一粒（紐西蘭）
近處有芳鄰／日日相逢笑盈盈／遇難獻真情

張琴（西班牙）
中西話人文／無疆無界來串門／結緣地球村

區少玲（巴西）
神奇電子信／萬里關山比鄰近／心聲吐露頻

任重（巴西）
滑鼠勤操控／網路無處不相通／隨緣告吉凶

滕林（巴西）
影像加傳聲／四海一家地球村／彼岸若比鄰

胡乃文（紐西蘭）
華人本同根／血濃於水格外親／天涯若比鄰

林寶玉（紐西蘭）
華洋比鄰居／異鄉風情嘖稱奇／互助亦相攜

麥勝梅（德國）
那日羞問君／莫非情動話不停／銀河若比鄰

月梅（紐西蘭）
光纖傳音信／彈指一觸遞友情／隔洋勝比鄰

呢喃（德國）
萬里若比鄰／文友互動誠摯心／海內信使頻

浩天（中國）
人老天倫樂／只因居所天一各／弄孫在微博

阿兆（中國）
同席皆親朋／人機在手各東西／佳餚難增情

林學信（紐西蘭）

同住一條街／早上問好未相約／來往見汽車

陳郴（中國）

唐山重人情／親戚如銀鄰是金／相處貴有心

註：唐山有金厝邊銀親戚之說

茅茅（中國）

竹影月為鄰／一盞清茗洗俗塵／閒眠有禪味

許仲（中國）

緣起一場遇／半生遊走見坦途／因你隔岸居

林喬（新加坡）

科技如駿駒／輕按鼠標傳千里／天涯若比鄰

謝振煜（越南）

一扯半個鐘／了無塵慮好輕鬆／天涯手機中

郭錫濤（法國）

網絡互聯通／天天見面螢幕中／天涯若比鄰

第十六次風雅漢俳同題詩：世道

原刊於 2015 年 1 月 13 日紐西蘭中文先驅報〔先驅教育版〕
發起人：段樂三（中國）、林爽（紐西蘭）
本次出題人：林爽（紐西蘭）

林爽（紐西蘭）

天下何熙熙／人來人往皆為利／古今道不易

段樂三（中國）

誰在瞎胡鬧／頻遭報應可知道／何必動天教

黃明燦（中國）

炒股多被套／操守金錢不同道／到處都浮躁

萩原通男（日本）

陰風掃政壇／紅葉浮漂鏡水寒／行藏可踐言

註：2014 年日本眾議院選舉。

長穀川隆（日本）

政治季節空／世道多梗如涉冬／春秋亦忡忡

註：2014 年日本眾議院選舉。

竹田憲生（日本）

晚照向茅軒／酒暖餚佳長夜興／須離世道煩

塚越義幸（日本）

天暖樂豐年／菊殘忘歸結酒緣／放言抱月眠

芋川次郎（日本）

佛燈憶震災／回看喬松海濱聳／克服海嘯來

高橋涉（日本）

人間爭不絕／宗教道德知千古／何日來扶助

秋葉曉子（日本）

德風從論語／是是非非決斷迷／自重低眉宇

石倉秀樹（日本）

世道拓詩林／雅客年年隱奧深／酸雨打心琴

劉詠平（美國）

世途何多崎／彎曲只當另有渠／明擇獲轉機

王克難（美國）

世間自有道／幼吾幼及老吾老／天下滿福報

張琴（西班牙）

人世皆浮躁／黃金白銀幾多好／憂患何時了

孔薇薇（紐西蘭）

誰說世道涼／本著您心換我心／人間暖洋洋

胡乃文（紐西蘭）

習總紐澳行／奉行和平與共贏／期盼世道寧

阿兆（中國）

香江風浪起／學人學子求公義／世道永不易

謝振煜（越南）

世道人心好／衣食住行樣樣到／快樂活到老

沙海一粒（紐西蘭）

今迷名利場／玉宇澄清世道轉／人性歸純然

麥勝梅（德國）

世道猶無存／冤家路窄寢枕盾／山河痛誣惇

註：觀臺灣選舉互相辱罵誣賴有感而作

區少玲（巴西）

大地淌血淚／污染破敗任荒廢／人類良知頹

任重（巴西）

世道無對錯／天理人情混善惡／日子天天過

郭錫濤（法國）

行行復行行／遙望神洲多美景／古道繞今行

烈浦（新加坡）

報章載悲劇／仁義丟棄只重利／世間人道稀

滕林（巴西）

世間人心直／天道酬勤天下知／取捨見人智

謝重閣（紐西蘭）

見錢即忘義／救危唯恐禍臨己／教育有問題

陳郴（中國）

何去復何從／今昔世道大不同／博愛去無蹤

月梅（紐西蘭）

河西又河東／是非曲直各不同／談笑論英雄

呢喃（德國）

重利友情淺／盛名之下萬態顯／變故人心驗

林寶玉（紐西蘭）

世道雖崎嶇／天理昭彰難頓逆／前景無堪慮

翁奕波（中國）

世事紛繁極／弱肉強食皆為利／人道在仁義

林藍（中國）

世道有安危／居安思危記心扉／珍惜真善美

鄒水玲（中國）

莫說他人錯／以人為鏡知己過／世間得安樂

第十七次風雅漢俳同題詩：賀羊年元宵

原刊於 2015 年 3 月 10 日紐西蘭中文先驅報〔先驅教育版〕

發起人：段樂三（中國）、林爽（紐西蘭）

本次出題人：林爽（紐西蘭）

林爽（紐西蘭）

漢俳賀元宵／羊年喜慶樂逍遙／洋洋上雲霄

段樂三（中國）

煙花爭比俏／我把漢俳飄九霄／風雅過元宵

黃明燦（中國）

清暉映月闌／漢俳熱融五更寒／明宵盡餘歡

李德國（中國）

羊年湧春潮／吟詩作賦賀元宵／歡樂在今朝

石華（中國）

詩友賀元宵／牽著羊兒送詩稿／神州湧吟潮

成應良（中國）

元宵月兒圓／結伴神舟遊九天／星輝為我妍

劉班謀（中國）

歡歌燕舞俏／家家戶戶紅燈照／把春驚醒了

林勝男（中國）

春來鬧元宵／詩朋如醉聚詩鄉／漢俳吐芬芳

文啓（中國）

佳節喜洋洋／火樹銀花映月光／家國福無疆

孟志高（中國）

元宵會眾朋／漢俳同樂唱新春／鞭炮接龍燈

殷雪祥（中國）

元宵日夜歡／漢俳同詠韻悠長／五洲四大洋

張琴（西班牙）

爆竹驅歲寒／俳詩迎春羊年歡／人間樂開顏

沙海一粒（紐西蘭）

盛世人歡暢／萬盞華燈元宵掛／天涯俳友讚

石倉秀樹（日本）

賀酒盈金盞／共冀羊年兩言善／漢俳和交款

曾明美（臺北）

初一十五讚／元宵燈火樂翻天／得意須盡歡

郭錫濤（法國）

元宵鬧三羊／開泰吉祥展俳詩／樂三喜洋洋

王克難（美國）

羊年賀元宵／吉祥如意終年好／美麗勝今朝

月梅（紐西蘭）

煙花耀九霄／觀燈猜謎逐人潮／四海鬧歡笑

謝重閣（紐西蘭）

異鄉元宵夜／不見花燈望明月／思鄉情更切

胡乃文（紐西蘭）

海外元宵夜／萬里遙遙共明月／思鄉情切切

烈浦（新加坡）

明月照元宵／五湖四海皆燦爛／遊子處處歸

靖竹（菲律賓）

火樹繞銀花／元夜玉清散光華／酒送詩興發

滕林（巴西）

老少搓湯圓／元宵佳節慶團圓／張燈結彩宴

麥勝梅（德國）

元宵喫湯圓／提燈解謎話當年／湯甜月又圓

西河子（印尼）

詩友同書寫／連連佳句千章接／共慶元宵夜

周長莉（巴西）

九州元宵夜／萬樹銀花賀長街／漢俳度佳節

翁奕波（中國）

漢俳鬧元宵／新春喜悅寫眉梢／詩友樂陶陶

阿兆（中國）

佳人賀元宵／瑞祥俳詩颺九霄／善美如春潮

竹田憲生（日本）

詩友放天燈／飄來飄去十七字／交流如此恒

塚越義幸（日本）

元宵賦祝詩／共食湯圓好團圓／燈籠列桂枝

長穀川隆（日本）

未盡漢俳妙／詩朋聚集元宵鬧／追邐羊腸道

茅茅（中國）

元宵攜伴遊／山花野鳥報春回／清泉浸疏梅

孔薇薇（紐西蘭）

身為異鄉客／喜與網友賀元宵／佳節陪親切

呢喃（德國）

焰火秀異邦／柏林羊年喜羊羊／佳節倍思鄉

第十八次風雅漢俳同題詩：盲從

原刊於 2015 年 5 月 5 日紐西蘭中文先驅報〔先驅教育版〕

發起人：段樂三（中國）、林爽（紐西蘭）

出題人：段樂三（中國）

段樂三（中國）

糊塗多少中／旋進場場人轉風／盲目入西東

林爽（紐西蘭）

做人莫跟風／明辨是非拒盲從／曲直在心中

黃明燦（中國）

房奴一生窮／月供誘人入囚籠／只因太盲從

楊躍靖（中國）

萬事不思量／稀里糊塗打空槍／遑論有擔當

孟延（中國）

言啥就從啥／跟北隨南日穿花／如狗屬哈巴

吳儒席（中國）

輕輕風雨搖／楊柳骨柔失態飄／無人再賞俏

黃太茂（中國）

不問是和非／盲目隨從快似飛／平常吃大虧

黃憶融（中國）

揚脖止衄流／卻見身旁眾舉頭／驚奇問事由

陳燕（中國）

瑟瑟牆頭草／憑風刮向盲從倒／無為還討巧

周新玉（中國）

凡事不盲從／熟慮深思穩陣容／無過是英雄

黃麗燕（中國）

投資興趣濃／善於思考不隨從／諸事便成功

曾明美（臺灣）

資訊全靠Line／萬千消息無線來／淡定細量裁

阿兆（中國）

潮流興跟風／上詐下愚南柯夢／富貴在其中

王克難（美國）

世人何所似／盲從有如一群羊／不知辨方向

張琴（西班牙）

心志無杆稱／人云亦云是非中／枉費活一生

博古（中國）

明鏡亦非台／吾心不受左右擺／何處染塵埃

烈浦（新加坡）

盲從放話語／小事惹成風波起／害人又損己

麥勝梅（德國）

紅塵渾噩過／人海浮沉驚掌舵／盲從終成錯

滕林（巴西）

流行與盲從／烏合之眾慕求同／缺理瘋狂縱

區少玲（巴西）

盲從假大膽／紋身整容穿鼻環／任時尚控管

呢喃（德國）

名利易盲從／亦步亦趨半生中／夢醒問蒼穹

許仲（中國）

人生多匆匆／緊盯目標不放鬆／此生不盲從

長穀川隆（日本）

蓬萊島一風／太平四世傾盲從／誰喊叫權中

孔薇薇（紐西蘭）

盲從如失聰／恍似柳枝飄隨風／君子需自重

黃明燦（中國）

房奴一生窮／月供誘人入囚籠／只因太盲從

楊躍靖（中國）

萬事不思量／稀裡糊塗打空槍／遑論有擔當

孟延（中國）

言啥就從啥／跟北隨南日穿花／如狗屬哈巴

吳儒席（中國）

輕輕風雨搖／楊柳骨柔失態飄／無人再賞俏

黃太茂（中國）

不問是和非／盲目隨從快似飛／平常吃大虧

陳燕（中國）

瑟瑟牆頭草／憑風刮向盲從倒／無為還討巧

周新玉（中國）

凡事不盲從／熟慮深思穩陣容／無過是英雄

黃麗燕（中國）

投資興趣濃／善於思考不隨從／諸事便成功

第十九次風雅漢俳同題詩：宜居

原刊於 2015 年 7 月 14 日紐西蘭中文先驅報〔先驅教育版〕
發起人：段樂三（中國）、林爽（紐西蘭）
本次出題人：黃明燦（中國）

黃明燦（中國）
篁幽乳霧輕／泉湧林深百鳥鳴／木屋鹿為鄰

段樂三（中國）
窗口鳥嘰喳／曾居山嘴校為家／曲林霞染花

林爽（紐西蘭）
雲鄉綠幽雅／花香鳥語宜為家／少嚴寒酷夏

王克難（美國）
南加丘陵多／春日野花滿山坡／秋來野雁過

烈浦（新加坡）
獅城綠油油／組屋公寓別清幽／宜居環境修

許仲（中國）
心在故鄉住／他鄉漂泊苦無數／心安即宜居

曾明美（臺灣）
不聞喧鬧聲／翠蝶飛舞蟬兒鳴／茶香墨香濃

張琴（西班牙）
寒舍書為貴／天籟琴瑟和諧最／百草香陶醉

沙海一粒（紐西蘭）
朗朗乾坤清／民情純樸好溫馨／怡然入仙境

心水（澳洲）
美麗墨爾本／秋月映照滌心塵／淨土樂紛紛

滕林（巴西）
豐盈似桃源／風調雨順闔府寧／隨居享溫馨

胡乃文（紐西蘭）
藍天伴白雲／境美人和環境甯／宜居在帆城

小宋（中國）
籬笆新綠繞／紅泥爐小煮茶香／室簡也清涼

月梅（紐西蘭）
蝶撲清溪邊／桃花瀅影掛村前／林茂鳥翩躚

謝重閣（紐西蘭）
悠悠樂無比／夏居南島幽篁裡／花香鳥嘰嘰

郭錫濤（法國）
金邊湄河畔／兩岸肥沃宜為家／四季浴春風

智樂（紐西蘭）
紐國風光好／藍天碧海清新氣／常歡人不老

馬啓代（中國）
我住南山南／往來皆論道與禪／背靠南二環

阿兆（中國）
陋室成一統／草色苔痕辯西東／秀才居無恐

石倉秀樹（日本）
春來櫻雪飛／山居知命為詩客／樂天傾酒杯

約翰陳（紐西蘭）
屋低掩草長／白牆紅頂隱秋黃／天藍雲飛揚

三木風（加拿大）
庭前繁花綠／情濃又近楓紅時／人聲鳥語鄰

孔薇薇（紐西蘭）
安居海灘畔／海鳥悠悠樂飛翔／我愛夏日長

麥勝梅（德國）
山泉水無疆／良田綿綿稻米香／戶戶有鄰庭

區少玲（巴西）

優質生活妙／戒奢戒艷戒奇巧／樸實守善道

林寶玉（紐西蘭）

繾綣水一方／如夢似幻樂徜徉／帆都亦故鄉

註：帆都是奧克蘭別名

翁奕波（中國）

林深炊煙嫋／道影飄飄禪聲邈／日出喧百鳥

長穀川隆（日本）

朋友叩柴扉／小院綠陰風韻微／對酌聖人杯

呢喃（德國）

吾家居水城／適宜忘我醉其中／如魚戲瀟聲

孟志（中國）

沙沙竹葉風／綠籬青瓦映塘中／坪桃一樹紅

楊鳳霞（中國）

樹茂鳥啁啾／窗含翠嶺綠盈眸／盛夏似清秋

陳協明（中國）

曲水繞青峰／四季花香翠映紅／家在畫廊中

羅惠芳（中國）

綠水繞青山／燕舞鶯飛草木酣／美景倚窗觀

查蜀君（中國）

青山秀水繞／蔥蘢四季花枝俏／龍城分外嬌

黎俊國（中國）

開窗望碧江／青山綠樹隱樓房／鳥語伴花香

唐玲芝（中國）

鶯啼竹徑幽／果碩嵐霞清澗流／怡情歲月稠

楊佩雲（中國）

街區四季春／開門便是賞花人／蜂蝶欲追雲

第二十次風雅漢俳同題詩：逍遙遊

原刊於 2015 年 11 月 17 日紐西蘭中文先驅報〔先驅教育版〕
發起人：段樂三（中國）、林爽（紐西蘭）
本次出題人：段樂三（中國）

段樂三（中國）

相邀跟我走／麓畔花溪湖畔右／疑同九寨溝

逍遙山水秀／任意湖風涼爽透／怡情帶月收

李榮華（中國）

湖畔步輕移／遠山近水足神怡／紅鯉弄漣漪

香徑逐江堤／虹橋高架彩雲低／船艇任東西

王東亮（中國）

君邀吾疾走／余位常在廉頗右／奔馳汗滿溝

四面山川秀／節屆中秋蟾光透／佳景筆底收

由歌（中國）

雲淡月悠悠／欲上銀河泛扁舟／放心逍遙遊

香露潤清秋／黃菊丹楓競風流／雁陣信天遊

石華（中國）

伴月碧空遊／撕片雲霞當坐舟／醉看海天秋

遙見我神州／山河壯麗亮雙眸／百姓樂悠悠

李德國（中國）

逍遙寶島遊／風土人情一覽收／了願樂心頭

觀光繞一周／山青水秀畫屏幽／快樂展歌喉

孟憲明（中國）

泉唱溪彈琴／一路鳥喧花吹芬／桃花源夢真

黃河遊難忘／乳汁哺育我茁長／骨傲品格香

韓思義（中國）

暑盡涼初透／晴爽高天結伴遊／笑聲撒一路

黃山九寨溝／大好河山望眼收／咋也看不夠

韓井鳳（中國）

林壑散餘秀／中秋塞北如春透／冷香凝月眸

雁飛金葉走／去歲登秋風雅右／疑同訪舊遊

郎帆（中國）

洞庭尋盡頭／無風三尺浪中游／人人像野鷗

浪裡再穿舟／薄衫裹體全淋透／伴侶兩情幽

林爽（紐西蘭）

結伴機難求／兄妹回鄉思量久／成行在金秋

汕頭三天遊／探親觀光暫忘憂／盡興樂逍遙

沙海一粒（紐西蘭）

呼朋又喚友／世界任我逍遙遊／夕陽照晚秋

月梅（紐西蘭）

醉臥金沙灘／濤聲和風拍海灣／斜陽掛西山

帆板浪峰中／閒庭信步摟清風／弄潮似蛟龍

王克難（美國）

東浸什剎海／西涉卡拉庫裡湖／中國如夢中

註：帕米爾高原湖泊

許仲（中國）

十月良辰景／秋山秋水心連心／結伴自在行

雲淡天高時／煩惱憂愁皆拋盡／快樂等著你

烈浦（新加坡）

首遊亞庇市／福德文化蓋宮城／但願山睡甜

張琴（西班牙）

彈指一揮間／繆斯吻之地中海／朝聖路敞開

打點好行裝／風情萬縷依然在／島國臣民歡

註：西班牙為了紀念塞邁緹斯誕辰
400 年，2015 年 10 月 25 日開始
追尋俠義騎士「堂吉訶德」曾經
走過的沿途，敞開地名朝聖之
路，抵達最後一站 siguenza

麥勝梅（德國）

自閒尋古道／古樹流泉蒼蒼貌／絕塵回盼處
高歌闊步走／青苔岩石路邊靠／逍遙不可道

呢喃（德國）

逍遙水上游／多瑙十國跟團走／休閒無煩憂
逍遙泰國行／以文會友好高興／相見甚歡欣

滕林（巴西）

秋高氣爽趣／北美年會魯迅旅／文友樂相聚
紹興典故悠／柯岩魯鎮結伴遊／史績萬年留

曾明美（臺灣）

手足情深久／東北楓紅清溪流／到處風情遊
松島遊覽船／釜淵飛瀑白如練／花卷泡溫泉

郭錫濤（法國）

輕舟行萬里／兩岸楓紅雙樂遊／喜伴在左右
巫山巫峽俏／青山綠水樂逍遊／麗景呈妖嬈

胡乃文（紐西蘭）

逍遙巴黎游／羅浮雕畫美難收／一步一回眸
耄耋樂逍遙／品詩遊覽和神聊／夕陽無限好

Chit（法國）

游絲繫軟風／飄離春草別秋紅／攀月蕩蒼穹

翁奕波（中國）

深秋崖山游／宋帝孤舟天際飄／山水自逍遙
日暮立灘頭／伶仃洋裡望神州／正氣可曾留

區少玲（巴西）

人生如蜉旅／閱讀觀劇卻憂鬱／天涯尋幽去

周長莉（巴西）

一世逍遙游／山野滄海寫春秋／可解萬古愁
踏春賞花早／折菊東籬漫步好／桃園多妖嬈

孔薇薇（紐西蘭）

黃金歲月悠／乘風破浪萬里遊／人生樂何求
逍遙蕩四方／澳紐歐美好風光／閒雲野鶴爽

石倉秀樹（日本）

曳杖攜俳譜／鶴步藝林迷筆路／傍晚逢詩虎
紅葉滿京都／白頭曳杖尋仙府／遊目醉秋圖

第二十一次風雅漢俳同題詩：手機

原刊於 2016 年 3 月 22 日紐西蘭中文先驅報〔先驅教育版〕

發起人：段樂三（中國）、林爽（紐西蘭）

本次出題人：林爽（紐西蘭）

林爽（紐西蘭）

老人愁難住／滿堂子孫低頭族／手機勝親屬

段樂三（中國）

靚妹帥哥哥／日夜手機尋快樂／這廂如入魔

魯宏（中國）

不解這媽咪／幼子歪歪玩手機／傷他小視力

齊范軍（中國）

手掌那東西／不用思維幫練習／打開抄答題

李廣利（中國）

隨處送佳音／鴻魚往復隱無痕／洗耳聽高論

楊青雲（中國）

千里傳音信／一條短語見娘心／恩情比海深

喬樹宗（中國）

四海念知音／撥號天涯若比鄰／情牽萬里心

于水（中國）

牛郎思織女／人間天上聊情語／驚煞老王母

郭健（中國）

朝夕聲可聞／遐邇無妨聽所雲／思君不見君

王秦香（中國）

桃花燕子來／心情不待曉風裁／忙將短信開

胡寶玲（中國）

蟬鳴柳弄姿／池邊小照恰如思／猶嫌自拍遲

曾明美（臺灣）

好想見見面／偷得浮生半日閒／低頭不停傳

烈浦（新加坡）

老少擁手機／期望目的各不一／片刻千金值

翁奕波（中國）

非人亦非怪／有機無心一方塊／人文自此衰

王克難（美國）

人人手掌心／寥寥幾句道殷勤／天涯若比鄰

阿兆（中國）

手機藏乾坤／資訊革命氣象新／善用倍開心

呢喃（德國）

聽說讀拍寫／男女老少「微」不歇／天南海北帖

陳興（日本）

春風價幾許／少時手機如仰星／如今垂首顧

石倉秀樹（日本）

臥遊東又西／各有千秋探手機／三春忘花期

一地清愁（日本）

手機代信箋／鄉愁不落郵票邊／今有因特連

今田述（日本）

手機通全球／電信曾賴羅電纜／當今不用郵

滕林（巴西）

手機功能優／五花八門世界遊／微信結俳友

劉建國（中國）

土豪愛瘋流／萬事通曉千景收／微博微信遊

孔薇薇（紐西蘭）

人人一手機／男女老幼綱奔馳／低頭族悔遲

茅茅（中國）

天涯近咫尺／咫尺亦欲天涯似／喜憂皆隨之

第二十二次風雅漢俳同題詩：美遇

原刊於 2016 年 6 月 28 日紐西蘭中文先驅報〔先驅教育版〕
發起人：段樂三（中國）、林爽（紐西蘭）
本次出題人：段樂三（中國）

段樂三（中國）
航飛雲九層／周遊列國會文朋／詩友在艙中

鄭重陽（中國）
牛年馬月情／重逢故地意深深／斷橋難斷心

程子龍（中國）
同窗無處覓／老年人正變孤寂／相會述經歷

狄人堂（中國）
兩家同結婚／小橋流水映農門／喜車爭進村

孔沐陽（中國）
一見結秦晉／心田紅豆愈馥芬／恩愛似海深

周天靜（中國）
深山得奇石／價值連城曠世珍／財神找上門

孫峰（中國）
偶遇老地方／花笑蝶舞黃鶯唱／春風訴衷腸

華瑩（中國）
擁抱義泉旁／高山流水歡遙長／情深勝海洋

李建山（中國）
回鄉逢發小／童年荒唐憶滔滔／暢飲暮至朝

孟憲明（中國）
人海遇初戀／翁嫗相視意纏綿／恍惚隔世玄

林爽（紐西蘭）
分別數十載／同窗相約敘舊來／暢談抒感慨

阿兆（中國）
佳人何處尋／夢裡夢外耗心神／驀然睹真身

沙海一粒（紐西蘭）
老朽憂搬家／幸遇小孫熱心腸／滿天愁雲散

> 註：小孫乃搬家公司員工，排憂解難，服務到家，感動之餘故記之

長轂川隆（日本）
畏友登晴巘／鼎坐談天看碧空／風生不老松

石倉秀樹（日本）
對鏡遇青年／正是白頭醉自憐／朱夏喜遊仙

滕林（巴西）
俳詩配圖片／風雅漢俳喜相見／佳作永傳延

周長莉（巴西）
草長鶯飛時／良辰美景遇故知／他鄉吟古詩

曾明美（臺北）
山間迢遞路／蜂舞蝶飛花兒簇／松鼠互追逐

王克難（美國）
只多看一眼／魂牽夢縈未放鬆／暮然回首中

郭錫濤（法國）
藍天白雲晴／綠島尋幽兩心親／海峽論證新

張琴（西班牙）
西域東渡行／攜手四海話靈犀／友情再激勵

胡乃文（紐西蘭）
閒試作漢俳／喜遇阿爽贈書來／邀我上詩台

麥勝梅（德國）
春叢仙樂奏／偶遇舊友花樹下／相約黃昏後

呢喃（德國）

優山美地酷／上帝寵愛山姆叔／宏大為天途

月梅（紐西蘭）

南柯遇爹娘／一桌好菜話短長／熱湯暖肝腸

許仲（中國）

人生千條路／奮鬥彷徨皆無數／誰不羨美遇

第二十三次風雅漢俳同題詩：甘蔗

原刊於 2016 年 9 月 6 日紐西蘭中文先驅報〔先驅教育版〕
發起人：段樂三（中國）、林爽（紐西蘭）
本次出題人：林爽（紐西蘭）

林爽（紐西蘭）
銅牆鐵壁臉／貌不驚人心甘甜／默默解君饞

王克難（美國）
細皮高俏長／榨盡甘液供人享／渣滓丟路旁

胡乃文（紐西蘭）
往事如雲煙／倒吃甘蔗節節甜／幸福度晚年

烈浦（新加坡）
吾與蔗有情／自小知甜常相抱／媽說傷牙形

沙海一粒（紐西蘭）
似竹卻非竹／閒來解渴是佳物／甜蜜又幸福

阿兆（中國）
種蔗倍艱辛／汗滴蔗田釀甜甘／榨糖樂獻身

呢喃（德國）
甜心黑硬袍／冬夏溫差成熟好／食糖能源寶

麥勝梅（德國）
天生本甘甜／清亮如竹枝有節／玉露消夏炎

茅茅（中國）
浮生苦厭厭／甘蔗豈能兩頭甜／吾鄉是心安

月梅（紐西蘭）
玉液似甘露／秋燥何須懼內熱／良藥掛懸壺

曾明美（臺灣）
蔗園葉田田／精煉產品砂糖甜／少吃健康點

薇薇（紐西蘭）
汁潤如甘露／外剛內柔心底甜／貢品少不了

段樂三（中國）
風雨一根筋／從頭到尾甜津津／為你蓄真心

齊范軍（中國）
路過產糖村／疑似葦蘆遍地生／農友育蔗林

程子龍（中國）
甘蔗抱成團／節節成長節節圓／親密一家甜

鄭重陽（中國）
人能多善良／甘蔗一節問芳香／甜甜自品嘗

郎帆（中國）
夫妻老不歡／別嚼甘蔗惹心煩／甜食已帶酸

韓思義（中國）
榨乾了自身／奉獻愛心為他人／可貴是精神

黃太茂（中國）
生時一片林／忠於甜蜜獻終身／碎骨亦甘心

楊鳳霞（中國）
綠陣接天碧／風吹雨打含青紫／玉露甜如蜜

陳協明（中國）
身形似竹竿／任憑百果展姿顏／默默獻甘甜

楊佩雲（中國）
秋蔗美舌尖／潤燥生津節節甜／漿汁饋人間

一·同題詩

第二十四次風雅漢俳同題詩：旗袍

原刊於 2016 年 12 月 13 日紐西蘭中文先驅報〔先驅教育版〕
發起人：段樂三（中國）、林爽（紐西蘭）
本次出題人：王克難（美國）

王克難（美國）
海外女作家／旗袍之夜傳天下／瀟灑共天涯

林爽（紐西蘭）
旗袍顯氣質／燕瘦環肥展風姿／雅俗分檔次

雲霞（美國）
婀娜款步行／文化底蘊盡載身／眾心慕娉婷

任安蓀（美國）
年會喜迎出／綽約中華傳統服／燦美展大度

麥勝梅（德國）
婀娜落丹青／梅蘭菊竹映氣質／清麗比繁星

張琴（西班牙）
旗袍華夏裝／復古清明看今朝／風流瀟灑俏

家麟（美國）
百川納於海／中華文化最堪豪／旗袍永不老

曾明美（臺灣）
保持好身材／婀娜多姿蓮步踩／中華仕女愛

滕林（巴西）
龍鳳雙呈祥／婚宴旗袍秀涵養／歌舞獻盈亮

阿兆（中國）
旗袍歷滄桑／清亡袍在耀華裝／優雅冠群芳

烈浦（新加坡）
獅城旗袍貴／裁縫手藝面臨匱／半真半假對

石倉秀樹（日本）
旗袍適騎馬／繆思馳騁撒詞華／行空寫神話

長穀川隆（日本）
旗袍姿態娟／趙瘦細腰芍藥艷／楊肥似牡丹

許仲（中國）
風采東方來／款步天下人人愛／伊人夢裡還

胡乃文（紐西蘭）
詩一般旗袍／典雅含蓄又妖嬈／盡顯女人嬌

沙海一粒（紐西蘭）
典雅又嫵媚／盡顯旗袍古典美／驚豔寰宇內

呢喃（德國）
秀身上百態／顯中華兒女神采／從千年走來

月梅（紐西蘭）
東方巾幗豪／灼灼風華魅力耀／端莊顯窈窕

翁奕波（中國）
本為旗家女／妝成嫁作天下妻／典雅又入時

段樂三（中國）
人體塑苗條／臀是臀來腰是腰／藝展女人俏

孟延（中國）
牡丹比菊嬌／街上女人秀旗袍／多男迷眼瞧

楊鸝（中國）
纏綿裹細腰／紙傘小巷繡旗袍／平添一季嬌

劉若男（中國）
華夏旗袍紅／女人著裝款款行／優雅聚一身

夏建輝（中國）
典雅女人裝／美過天仙霓羽裳／穿出好身段

肖育花（中國）
旗袍裹玉腰／玲瓏體態顯妖嬈／款款醉人俏

陳勇（中國）
華夏女兒嬌／最喜旗袍裹彎腰／步步舞妖嬈

郎帆（中國）

一地誘魂橋／柳絲遙攞髮絲飄／倩女秀旗袍

魯宏（中國）

旗袍裁剪師／炎黃女性露丰姿／賢妻知不知

齊范軍（中國）

秋爽覽逍遙／行女旗袍亮細腰／步裡走風騷

程子龍（中國）

皇宮美女姣／姣姣外表亭亭貌／個個著旗袍

狄人堂（中國）

婦女節剛到／情牽妻子店中找／購件繡旗袍

2017
恭賀新禧

二・網上酬唱

2014 年賀馬年漢俳：《騎馬拜年》

發起人：段樂三（中國）、林爽（紐西蘭）

（排名以來稿先後）

段樂三（中國）

詩友各一方／同題共作熱心腸／快樂遞芬芳

誼久愛心長／新年贈打漢俳香／芬芳月月嘗

林爽（紐西蘭）

漢俳送芬芳／越洋賀歲贈各方／心意馬上傳

網上同酬唱／勤耕詩園興致昂／情誼日月長

智樂（紐西蘭）

朝陽馳駿馬／暢遊春夜鬧花燈／詩人笑面迎

春風似剪刀／放膽來梳翠柳葉／心情逐浪高

林藍（中國）

馬年好運降／願君騎在駿馬上／快馬追夢想

一馬當先闖／走馬觀花不應當／別信馬由韁

王克難（美國）

馬年神氣爽／清風明月任翱翔／漢俳齊聲唱

酬唱情意長／東南西北各一方／日夜常思量

胡乃文（紐西蘭）

騎馬譜新章／漢俳同題放光芒／全球齊品嘗

騎馬拜年忙／敬祝詩友文思昂／闔家壽而康

小宋（中國）

詩人情誼長／天涯海角各一方／馬年同韻唱

隔海遙相望／傳統文化同發揚／佳節共舉觴

沙海一粒（紐西蘭）

懵懂門外漢／師幫友帶情深長／終嘗漢俳香

馬年萬景祥／漢俳園地錦簇團／詩友意氣揚

月梅（紐西蘭）

花海穿雲山／龍騰獅躍鬧人間／馬到換新顏

團拜喜洋洋／新禧祝福譜樂章／網上共分享

隨緣客（澳門）

處處沐春光／駿駬賀歲喜洋洋／共譜新樂章

歌舞處處揚／鑼鼓聲聲祝吉祥／快樂長健康

林鈺璽（新加坡）

春雷一聲響／送蛇迎馬氣昂昂／佳節送希望

新春收舊愴／積極心態把年闖／天下無悲傷

孔薇薇（紐西蘭）

網上遇詩友／天空海闊詩誼長／共賀馬年昌

越空傳詩意／悠然進入漢俳坊／馬年詩風揚

林寶玉（紐西蘭）

帆都燈花廊／共慶馬年喜歡暢／賦詩享流觴

詩境滿園芳／纖情似海情誼長／切磋訴衷腸

于治水（紐西蘭）

中華氣勢昂／揚鞭策馬奔小康／元宵燈輝煌

馬年運勢昂／中華崛起不可擋／提防野豺狼

高毓鈴（紐西蘭）

金蛇辭舊歲／萬馬奔騰齊競賽／馬年人人醉

叮噹馬鈴響／駿馬奔馳豪聲壯／歡度馬年爽

凌峰（中國）

歡笑一片情／齊創財富賀馬年／福祿伴人生

聚新春歡樂／唱人生悲喜纏綿／共度新春年

王建樹（中國）

東西南北方／詩思海詠訴衷腸／處處有其芳

寶藏調何長／生活快樂釀詩香／芬芳代代嘗

王凱信（中國）

樹幟號八方／感動吟壇古道腸／九域吐華芳

詠絮路長長／每唱同題互染香／殷殷共品嘗

李德國（中國）

拜年走四方／手機鴻雁熱心腸／祈福透芬芳

詩短情義長／俳圃豐收碩果香／欣慰把鮮嘗

石華（中國）

暖冬好陽光／早綻花兒格外香／天地浸芬芳

香風傳賀章／俳友同吟韻味長／快樂沒商量

2016 年漢俳酬唱賀猴年

領唱人

段樂三（中國）

猴年同道喜／電遙十萬八千里／詩心傳友誼

誼久各東西／漢俳還是相思地／明月等候你

林爽（紐西蘭）

吉羊已辭去／詩朋俳友樂歡聚／靈猴來報喜

喜聞美心意／漢俳酬唱詩苑裡／您我共聯誼

酬唱人

王克難（美國）

心有靈犀也／漢俳來解相思結／舉杯對明月

猴年將匆匆／三百六十五日中／盼頻傳詩誦

婉冰（澳洲）

金猴凌空探／遊駕祥雲早束裝／靜候臘鼓響

詩友遍四方／迎新送舊忙酬唱／俳句語吉祥

心水（澳洲）

頑猴蹤影顯／八方跳躍迎新年／歡欣笑臉現

齊天大聖王／除魔殺妖福星旺／世界樂瘋狂

智樂（紐西蘭）

喜鵲報佳音／靈猴起舞接新春／詩人共樂吟

神州喜氣臨／虎躍龍騰抒壯志／金猴獻瑞陳

曾明美（臺灣）

猴年好犀利／猢猻七十二變喜／四季好景氣

陳興（日本）

海內度元宵／湯圓憨態花燈俏／明月彩虹橋

陳郴（中國）

華人同道喜／羊辭猴臨已可期／段老誠約你

莫負此美意／諸友百俳將情寄／最珍是友誼

林藍（中國）

猴年我歡喜／應約寫緋謝情誼／祝福送給你

你萬事順利／財發才發都如意／美文飛各地

阿兆（中國）

靈猴來報喜／百花迎春臨大地／祝君健與美

俳詩傳萬里／紫陽溫潤人心裡／大聖真神氣

胡乃文（紐西蘭）

金猴迎新春／快樂酬唱傳心聲／漢俳沁人心

漢俳傳心聲／同題酬唱全球吟／共敘中華情

翁奕波（中國）

嶺上春一枝／五湖四海皆為詩／共道一聲喜

詩心寄天地／騰雲駕霧十萬里／情誼繫桑梓

郭錫濤（法國）

金猴送銀羊／大地迎春喜氣揚／眾生意盎然

金猴舞東風／梅花盛放香大地／春喜四海通

麥勝梅（德國）

入夜亮詩燈／迎春思友望故鄉／伏案勤文耕

送羊迎金猴／舊雨知新來獻墨／漢俳為心軸

石倉秀樹（日本）

猴年醉臉嬉／漢俳賀宴擺詩題／雅客競出奇

滕林（巴西）

靈猴翻天地／七十二變處事易／獻桃酬美意

意識鮮氣息／歡樂時光聯心誼／俳詩賀新禧

黃明燦（中國）

金猴曝驚喜／七十二變有新意／詩朋同演戲

網絡連一體／酬唱迎春添友誼／一團書香氣

許朋遠（中國）

丙申同賀喜／彈指一鍵千萬里／漢俳誦友誼
俳苑顯春意／生花妙筆因有你／酬唱添情誼

李君莉（中國）

雄心開偉業／棒奮千鈞除腐敗／國向小康躍
花果盡飄香／金猴攀援上春山／獻壽納禎祥

李德國（中國）

五洲同道喜／鼠標一點傳萬里／祝福寄情誼
潑墨懷春意／耕耘俳圃豐收地／舉杯感謝你

楊鳳霞（中國）

金猴來賀喜／網絡電波傳萬里／俳苑結嘉誼
誼雅悅心怡／詩來俳往總相宜／酬唱和依依

任若綿（中國）

新年送大禮／義重情深同道喜／靈猴誦知己
相知甜蜜蜜／靈犀連著我和你／俳苑相思地

石頭（中國）

謝謝老師你／相離十萬八千里／心意早傳遞
弟子知情義／為了俳壇花滿地／猴年多努力

月梅（紐西蘭）

炎夏與寒冬／南北中紐賀歲同／家家樂融融
祝君家業興／老幼和諧體魄健／屋肥添新丁

由歌（中國）

猴送新年喜／已送春風十萬里／縷縷含情誼
誼傳千萬里／千結詩情凝妙筆／日月長照你

王建樹（中國）

千鈞棒高舉／猴年重讀西遊記／學金猴奮起
萬馬奔騰急／馬月就在猴年裡／齊飛雙比翼

李榮華（中國）

猴年恭送喜／喜報春風三萬里／俳詩為賀禮
禮花妍無比／輝映中華山與水／神龍欣崛起

詹易成（中國）

猴年酬唱起／詩情會友春風裡／覓韻樂無比
聯誼互賀喜／萬語千言道不已／健康記心裡

江山（中國）

短信賀年喜／雖然相隔八千里／指間連我你
你我同根蒂／炎黃後嗣傳情誼／俳花開滿地

夏江（中國）

猴王來獻禮／爆竹聲聲傳萬里／紫燕銜春泥
歡喜見到你／勤耕漢俳福園地／一世不相離

劉若男（中國）

金猴來報喜／互聯網線牽萬里／唱和傳情誼
詩友各東西／雅風相約會有期／新歲出新奇

諶傑峰（中國）

瑞雪降三湘／春暖風和花溢香／追夢路康莊
大聖棒生威／掃淨塵埃萬里輝／華夏豎豐碑

肖志平（中國）

羊披瑞雪去／辭舊迎新齊奏曲／猴帶春風入
賦詩同奏樂／華夏輝煌江山固／盛世揮毫渤

劉玉林（中國）

漢俳敘衷腸／五湖四海同酬唱／詩友情誼長
靈猴送吉祥／新年如意又順暢／平安保健康

王軼民（中國）

立春生靈喜／瑞氣和風暖萬里／復甦興天底
吉羊頻傳喜／治國理政循真理／開年新局啟

肖育花（中國）

初一豔陽天／手機傳訊大拜年／祝君好運連
銀城各君台／安化俳友拜年來／猴年大發財

韓井鳳（中國）

靈猴正當值／四海俳朋崇友誼／相聚熒屏裡
南北結情誼／辭舊迎新同道喜／漢俳做橋梯

馬振華（中國）

金猴道吉祥／火樹銀花耀八方／新春喜氣揚

俳友舞墨章／天南地北聚一堂／結緣日月長

張光明（中國）

獼猴獻桃果／香飄樂土祥瑞多／春回雪作托

靈猴踏春來／舞轉金棒掃魔怪／澄清萬里霾

錢希林（中國）

千年西遊記／春晚猴頭萬人冀／有戲沒有戲

春晚豈兒戲／十萬八千諸猴急／吾輩可及第

黎俊國（中國）

金猴報訊來／塞北江南詠漢俳／酬唱寄心懷

詩友各天涯／赤子丹心報國家／築夢大中華

楊佩雲（中國）

光耀江山麗／金猴送福神州奕／春暖芳菲地

猴年多吉利／詩友天涯相作揖／共祝安康齊

鍾素冰（中國）

俳朋同道喜／迎春酬唱增情誼／金猴送福利

新年宏圖啟／金猴除妖澄環宇／夢圓享富裕

羅正平（中國）

猴年人共喜／百花吐豔香千里／詩壇欣結誼

猴聖迎春至／華夏鼎盛億民喜／盼來小康日

陳協明（中國）

風雨送春歸／金猴獻瑞彩雲追／五洲同福輝

猴年萬象新／電波唱和喜迎春／天涯若毗鄰

林淑偉（中國）

丙申紫氣騰／一束心花贈友朋／新年福壽增

易木貴（中國）

羊歲去依依／盤點熒屏多受益／猴棒來接力

力源芳草地／溪流潤水出於此／大海納涓滴

陳學樑（中國）

丙申蘊良機／宏圖再續千萬里／登頂萬峰低

春樹沐春曦／江北江南盈喜氣／筆寫好詩題

屈杏偉（中國）

年味膳薄紙／春如婉玉出桑梓／憑心醉美時

時雨化冰欄／瓊陽蘇照雀巢歡／春煥舊人間

蔡思彬（中國）

天下皆春喜／親緣戚友和鄰里／溫暖融情誼

霞光晚照西／無時眷戀相思地／情牽他我你

黃麗燕（中國）

群朋網絡牽／金猴獻禮樂團圓／新春色彩添

猴年喜氣揚／祖國騰飛萬代長／生活滿陽光

王凱信（中國）

羊去金猴替／送瑞輪值連歲喜／福佑神州地

地久天長祈／除霧驅霾眾情繁／再借千鈞力

2017 年世界網上漢俳春節聯歡：《金雞賀歲》

主持人
段樂三（中國）

林爽（紐西蘭）

特邀嘉賓

王克難（美國）、滕林（巴西）、呢喃（德國）、劉俊民（美國）、劉詠平（美國）、雲霞（美國）、張鳳（美國）、華純（日本）、李君莉（中國）、瞿麥（中國）、許朋遠（中國）、韓思義（中國）、孟憲明（中國）、黃明燦（中國）、由歌（中國）、詹易成（中國）、李德國（中國）、石華（中國）、劉衛軍（中國）、肖育花（中國）、黃太茂（中國）、楊鳳霞（中國）、任若綿（中國）、任少歌（中國）、屈杏偉（中國）

各國漢俳詩友大家好！

我們是來自世界各地的 192 名詩人，在喜迎雞年的除夕夜，相邀網上聯歡、共同慶賀，把我們創作的 378 首《金雞賀歲》漢俳發到網絡上去，發到 QQ 群中去，發到微信群中去，發到朋友中去！發到報刊圖書上去！這就是，我們共同首創的世界辭舊迎新雞年漢俳春節聯歡晚會，為我們網上相聚友誼相隨鼓掌！為我們心心相印詩興大發高歌！

參加這次世界漢俳春節聯歡晚會的詩人，很多人是代表一個國家或一個地區的中華文化領袖，在這裡，我們是詩友，是行走在環球各地的炎黃子孫和熱愛中華詩歌的漢俳朋友。我們為風雅漢俳的推廣普及縱情抒懷，頌揚中華文化地久天長萬古長青！我們為中華民族的繁榮昌盛縱情高歌，祝願雞年好運錦上添花更上一層樓！

領唱人

段樂三（中國）
詩妹與詩哥／同壇吟誦同歡樂／雞年眾唱歌
悠雅出心窩／友誼長久年年樂／詩妹與詩哥

林爽（紐西蘭）
送猴迎雞至／雄聲一啼豐年樂／愛牠具五德
德禽最盡責／文武勇仁信全和／吉祥物獨特

酬唱人

王克難（美國）

雞年天下樂／同聲高唱吉祥多／喔喔喔喔喔

金雞迎新年／歐亞美洲大拜年／漢俳一線牽

謝重閣（澳洲）

神猴辭歲去／雄雞啼唱紅日起／春色拂大地

金雞喜唱催／萬象甦醒春色輝／雞年詩友瑞

烈浦（新加坡）

送猴迎雞歲／四季祥和好酣睡／舉杯共酒醉

林喬（新加坡）

雞啼破春曉／紅男綠女笑顏開／新年必定好

月梅（紐西蘭）

雄雞唱破曉／舌尖朋友常惦念／酉年更垂涎

無雞亦成宴／文壇設席俳友樂／詩韻任君點

胡乃文（紐西蘭）

金雞報曉頻／海外遊子賀新春／永葆中國心

雞年賀新春／敬祝詩友德藝馨／賦詩論古今

麥勝梅（德國）

送猴迎雞年／似水流年轉不停／歲末送溫情

漢俳輕聲吟／昨日臆想今入墨／拙筆露真情

今田述（日本）

元朝曾雞鳴／酉年不聽雞模聲／函谷關回情

感冒鴨運來／百萬家雞屠也埋／勵南北除災

石倉秀樹（日本）

三元啜三酉／吟競金雞與詩友／風流當共有

滕林（巴西）

猴年難安逸／雞啼破曉換星移／新年萬事宜

金鳳喜歲吉／詩歌春晚全球迷／音符鳴生機

郭錫濤（法國）

金雞齊展翼／一啼催鳴五德生／和平立品增

呢喃（德國）

猴去雞昂鳴／碼字時光手指溜／吟詩同歡慶

張琴（西班牙）

冬去暖陽春／一唱雄雞天下白／田園牧笛聲

金雞唱人文／倉頡造字護子孫／火炬萬年輕

唐飛鳴（澳洲）

金猴辭舊年／金雞鳳凰剛上天／春色灑滿園

劉俊民（美國）

雞鳴早看天／辭去舊歲迎新年／全球華人歡

東西大融和／共創和平新局面／冷戰靠一邊

劉詠平（美國）

陸鳳金嘴開／雄雞昂鳴天下白／隆運奔此來

陸鳳賀新歲／紅冠金啄招祥輝／昌隆盛世回

雲霞（美國）

漢俳迎春晚／別開生面全球傳／同歡慶雞年

猴去金雞來／沖天一啼朝陽開／漢俳吟暢懷

高毓鈐（紐西蘭）

金雞高聲叫／霞光萬道天上照／春節齊歡笑

朗朗漢俳聲／一字一句都是情／個個賽明星

林寶玉（紐西蘭）

金雞報曉際／萬物崢嶸迎喜氣／酬唱添俳意

雞鳴拂曉岸／群英流觴俳詩唱／舉國齊頌揚

嘉霖（美國）

漢俳賀歲妙／全球華人第一遭／詩歌領風騷

吟唱樂陶陶／世界和平最重要／國泰民安好

昔月（德國）

雄雞接猴班／精神抖擻亮舞台／一鳴天下白

華純（日本）

瑞雪迎丁酉／殊途同歸抱金雞／漢俳大團圓

漢俳獨造諧／菲尼克斯又重生／天下金雞啼

智樂（紐西蘭）

聞雞起舞來／千門萬戶曈曈日／躍馬賦情懷

龔則韞（美國）

金雞臨世界／引領天下事出發／吉祥蓮花落

銀鳳慕合一／高唱太平美歐亞／如意好事多

典樂（美國）

雞鳴報新春／歡喜爆竹響入雲／聲聲祝好運

筆搖話古今／以文會友送溫馨／四海盼同心

周長莉（巴西）

新春迎金雞／拜年賀歲聲聲齊／萬事皆如意

爆竹賀新年／萬紫千紅花滿天／五湖四海連

吳慧妮（美國）

鳳凰承鼎夏／靈猴椽棒振中華／通行一帶達

子孫多慧點／金雞唱曉動天涯／繁榮一路發

莫順清（日本）

晨霧望眼遮／金雞昂首向天歌／高唱世平和

大聖踩雲飛／金雞昂首伴歌回／平等競爭輝

任安蓀（美國）

火猴把年拋／旭日霞光萬丈高／金雞吉慶兆

雞鳴聲耀金／眾生甦醒萬象欣／齊頌和平心

張鳳（美國）

丙申近尾梢／新歲丁酉彈指到／文人興致高

雞鳴春曉報／國泰民安萬事好／眾友齊歡笑

張馨元（加拿大）

躍馬樂揚鞭／九州風雪送神猴／盛世賀福滿

花好月更圓／四海新春迎金雞／多元慶豐年

阿兆（中國）

德禽兆豐年／四海俳友常康健／詩文美聖賢

聖賢止硝煙／五洲族群心相連／歡呼太平年

黃明燦（中國）

漢俳微友群／海角天涯若毗鄰／詩朋一家親

喔喔聲催人／晨起捧出一顆心／詩歌拜知音

王建樹（中國）

金雞報曉聲／呼喚東方旭日升／長空萬里清

母雞把蛋生／生生不息續繁榮／引吭賀年豐

李繼遊（中國）

雄雞唱曉天／爛漫東方舞彩煙／珠露潤花鮮

拜年賦妙篇／浪漫新歌滿詩船／齊樂共趨前

任少歌（中國）

雄雞版圖大／傲首東方立天下／唱紅我中華

唱紅我中華／酉年俳友豪情發／高歌韻無涯

成應良（中國）

冬日豔陽高／大聖陰霾一棍掃／金雞高報曉

詩園春來早／城鄉發展歌如潮／豪氣震雲霄

李德國（中國）

迎春祝福多／金雞報曉誦俳歌／師唱萬人和

潮起湧清波／吟壇俳友妹和哥／韻味蕩心窩

石華（中國）

金雞晨唱歌／啼醒俳友出窩窩／個個笑呵呵

諸位姐和哥／吟新大作振山河／弟妹爭相和

李榮華（中國）

雞年起浩歌／同壇吟詠傳桑梓／詩妹戀詩哥

春色染山河／千紅萬紫輝桑梓／雞年起浩歌

劉慶安（中國）

神猴朝佛去／雄雞昂首迓春來／一唱天下白

天涯萬里程／詠友吟儔佳韻成／詩海拂春風

王東亮（中國）

猴棒玉宇清／金雞報曉續長征／神州正飛騰

家家盆聚寶／兆民爭寫小康篇／酉年喜空前

詹易成（中國）

耕夢結吟緣／雄雞高唱迓新年／拜賀友情牽

春融九域妍／喜賦環球逸韻連／放歌正義篇

朱林清（中國）

北斗指航程／一路高歌一帶春／猴年我摘星
喔喔華冠唱／紅日中天照四方／大家牽手上

吳神保（中國）

紅日出東方／天角烏雲不好藏／雞鳴聲正亮
伏櫪喜聞雞／吟嘯和鳴情未已／老驥思千里

張孝凱（中國）

建設好家園／你我同心責擔肩／圓夢譜新篇
轉眼是雞年／幸福光陰歲歲連／共享豔陽天

萬成（中國）

山幽樹木多／魚躍雞鳴鴨戲波／民富唱新歌
柳笛穿林邊／春潮綠野水如天／輕波一釣船

丁麗萍（中國）

梅俏又春天／雄雞爭唱鳳凰篇／高梧翠色連
夢中百卉妍／誰隨彩蝶舞蹁躚／歌傳山那邊

高媲稊（中國）

喔喔唱新年／雄雞闊步世界前／中華夢正圓
農友趁春場／運肥備種購機忙／山村喜氣揚

易文波（中國）

雞鳴兆新年／五洲華人同慶賀／祝福聲聲傳
凱歌辭舊歲／金雞報曉賀新年／再祝捷報傳

劉仕娥（中國）

雄雞唱福音／百花怒放春光美／祖國氣象新
把酒歌泰盛／聞雞起舞鬧新春／全民同歡慶

陳其璋（中國）

雞鳴國色香／萬般紅紫鬥群芳／迎來春吉祥
雞叫普天錦／海角天涯祥瑞傳／九州慶新年

林勝男（中國）

雞鳴拜新年／詩人唱酬詩萬千／友好齊爭先
和平詠詩篇／無論春夏與秋天／快樂用心傳

彭佑明（中國）

雄雞引頸唱／紅霞萬重噴太陽／拱手拜年忙
鞭炮沖天放／千家萬戶喜洋洋／迎新拜四方

李宴民（中國）

高歌天下聞／英姿昂首向昆侖／萬戶迎新春
雞歲展雄姿／弦歌動地唱新詞／圓夢正逢時

夏江（中國）

冬去春早秀／靈猴恭退雞昂首／高歌拜福壽
歡歌圓大夢／浩蕩風吹萬物新／同沐東方紅

夏建輝（中國）

金雞唱高歌／太平盛世歡樂多／日子真好過
詩友姐妹哥／一人領唱眾人和／俳壇共砌磋

徐莉（中國）

相邀唱新歌／遙遙傳誦樂相和／暖意裏心窩
老師開先河／中外好友齊歡樂／相邀唱新歌

楊鸝（中國）

金雞唱俳歌／搖搖擺擺出窩窩／眾人樂呵呵
俳壇妹與哥／情真意切俏語多／你唱我來和

肖育花（中國）

大聖回天庭／金雞接任報新春／一鳴旭日紅
一鳴旭日紅／俳壇景象日日新／雞年同步行

陳勇（中國）

黎明唱一聲／送走黑夜迎光明／看誰與爭鋒
下蛋大個蛋／不是邀功非為賞／只道益健康

郭和生（中國）

金雞鳴報曉／敬拜雙親常盡孝／兒孫繞膝笑
幸福新年到／恭賀新禧放鞭炮／詩歌爭熱鬧

劉若男（中國）

俳壇姐和哥／聞雞起舞唱新歌／詩妹隨意和
同唱一首歌／祝福詩朋傳電波／互送暖心窩

雷國高（中國）

大地報新春／瑞雪豐年氣象新／把酒對冰封
迎新拜大年／梅花吐豔惹人憐／白雪對豔妍

樊建國（中國）

雞唱九垓明／東方旭日共潮生／鳳舞伴龍騰
經濟猛提增／中華元素領航行／漢語弄新聲

彭君華（中國）

春風又一年／雞鳴初日曉光妍／中華麗日天
喚起逖琨志／助得孟嘗函谷計／千古美談事

鄭海泉（中國）

風催競吐芽／蓬蓬勃勃綠天涯／生機燦彩霞
垂柳拂清流／鵝黃幾點綴枝頭／欲綠卻含羞

李君莉（中國）

雞鳴天放曉／家家擊壤小康唱／盛世同歡笑
大治東方亮／五星旗展金雞唱／桃符新氣象

瞿麥（中國）

東方濛濛亮／金雞一唱天下白／平安得喜樂
金雞來賀歲／家家戶戶喜團圓／健康慶長壽

許朋遠（中國）

東方天欲曉／金雞高唱萬家笑／問聲新春好
聞雞當起舞／冬去春來健身骨／家家納萬福

祝文鏜（中國）

雞年早看天／來春祥雲隱隱現／給您拜早年
國形似錦雞／昂首挺胸喔喔啼／看誰敢來欺

王曉華（中國）

金猴揮手回／雄雞昂首闊步來／一唱天下白
寒風送舊歲／南國迎新滿目翠／候鳥快樂飛

馮漢珍（中國）

金雞來報曉／聞雞起舞齊發憤／風流看今朝
家家迎新年／雞犬桑麻祥和日／歲歲慶平安

陸玲妹（中國）

雞年唱聲聲／生肖輪迴好時辰／悠悠人情真
詩友心意誠／同歡同唱友誼深／雞年唱聲聲

許柱純（中國）

猴王甫謝幕／贏得漢俳花無數／詩友齊祝福
詩友齊祝福／風雅漢俳創新路／金雞又起舞

孟憲明（中國）

夢中聞雞唱／巍巍華夏海生桑／雙百迎曙光
版圖雄雞威／青牛紫氣兆騰飛／一唱喚春歸

韓思義（中國）

不用邪眼看／雞毛可以飛上天／羽絨能禦寒
肉蛋能換錢／司晨抱窩忙不迭／小康在眼前

王凱信（中國）

金雞唱東方／神州處處降吉祥／民安國運昌
九原共舉觴／偉業復興萬眾襄／圓夢寫新章

張玉琨（中國）

縱情追好夢／無限春光與友共／齊看太陽升
迎春花氣重／萬里東風來助興／一唱滿天紅

孟慶論（中國）

歡送猴年去／遙共高歌飲綠醑／攻關又拔旗
掀髯近古稀／圓夢中華更可期／枕劍待聞雞

胡鐵成（中國）

一啼春日紅／花船鞭炮過溪東／蓋頭鑼鼓風
好雨恰時來／起舞啼晨百卉開／千里綠新栽

劉維舟（中國）

金猴辭舊歲／凱歌高唱金雞還／歡慶喜空前
瑞雪兆豐年／送猴迎雞喜訊傳／生活日日甜

韓井鳳（中國）

年年唱同題／國粹弘揚增友誼／俳朋又聚齊
祥瑞繞福地／神州昌盛年年喜／東方唱靈雞

黃太茂（中國）

金雞歡唱雄／神州萬里舞春風／民安國運隆

雞報豔陽春／福到家家笑語頻／樓房座座新

楊鳳霞（中國）

雄雞唱韻歌／國泰民安喜事多／起舞影婆娑

雞唱東方白／春暉大地桑田沃／舉國齊歡樂

陳協明（中國）

網絡五洲連／聲聲恭喜賀新年／祝辭四海傳

神猴送舊年／金雞啼處喜開顏／春色滿人間

黃火嬌（中國）

猴輝留偉績／雞鳴報曉山河麗／千里春描綠

梅花迎雪飛／雞聲聲報春歸／萬物競爭輝

黎俊國（中國）

大地沐春光／金雞報曉唱東方／人勤奔小康

神箭太空飛／雞鳴新歲國增輝／天宮捷報回

楊佩雲（中國）

金雞接禧年／歌席酒筵祝語嫣／吟友五洲連

丁酉炮掀天／萬象更新景色妍／電波傳吉聯

黃麗燕（中國）

金雞送福來／中華大地百花開／友善暖情懷

人人奔小康／八方彩鳳共朝陽／笑臉報春光

陳海亮（中國）

猴辭舊歲歡／雞報新年春爛漫／國強黎庶安

雞展金喉報／詩朋友好藝同道／九域創榮耀

呂淑藩（中國）

雞鳴旭日升／大地回春萬象新／民安國太平

良友喜迎春／大業方興日日欣／潮湧小康奔

熊衍璋（中國）

三更振羽啼／喚醒詩心共日躋／新元奮馬蹄

喔喔嗤造假／下蛋堪稱個個大／夢想勤孵化

馬振華（中國）

展翅欲沖霄／雄雞一唱天破曉／四海湧春潮

漢俳架虹橋／八方才俊盡相邀／唱和聲正高

任若綿（中國）

壯志鑄乾坤／金雞報曉頌祥禎／人間歌舞春

人間歌舞春／一年好願最牽魂／祝福夢成真

張國祥（中國）

雞年今開張／歌舞昇平都舒暢／喜慶呈吉祥

拜年眾心歡／千里鵝毛獻真情／五洲情誼長

張洪進（中國）

申西兩相挨／猴王耍棒去天台／卯日仙官來

玉旨下天台／金雞展翅送財來／迎歲把門開

田雲美（中國）

金雞頻唱曉／雪映梅香喜鵲叫／地球村同好

彩鳳展雙翼／靈猴一躍十萬里／紫燕銜春泥

張革生（中國）

一唱滿天霞／東方築夢開新世／日耀大中華

雄雞送瑞祥／華夏春來福運昌／萬戶樂洋洋

屈寶宸（中國）

血冠抖金翎／天台晨唱奏和平／盛世雄風騁

盛世雄風騁／五洲攜手新征程／藍圖共譜成

屈杏偉（中國）

丁酉紀新元／化風銷雨任憑欄／向日歌華年

向日歌華年／五洲同夢最團圓／金聲掣碧天

王強（中國）

紅冠喚日升／金龍起舞上征程／猶聞號角鳴

金翎唱五更／千行百業和興隆／築夢小康行

福慧嘉緣（中國）

舉首向天吟／喚醒迷茫困頓人／旭日率先臨

身披五彩鱗／金聲報曉見雄渾／一日計在晨

水月冰心（中國）

丁酉又新年／一唱雄雞振宇寰／和樂正團圓
和樂慶團圓／喚起雄雞報歲安／鞭炮賀新年

劉班謀（中國）

舊歲已收官／金猴獻瑞神州燦／滿滿獲得感
新年又出征／雄雞一唱天下白／足足精氣神

劉衛軍（中國）

金絲辭歲歸／丙申百業獻碩果／盛世築寬軌
繡頸志啼雲／喔喔又報神州春／改革踏新程

陳學樑（中國）

小妹憶老哥／村邊溪畔相攜樂／共享竹笙歌
樹下等老哥／徘徊度步無由樂／何人更有歌

曹鳳仙（中國）

舉首喔喔啼／此起彼伏唱新歌／詩兄詩妹和
丁酉聚詩朋／同歡同唱情深深／詩妹和詩兄

易木貴（中國）

猴歲酉年交／聲聲爆竹入雲霄／金雞獨立驕
一唱曙光明／神州崛起正飛騰／振翅世人驚

陳雪均（中國）

四季碧無暇／乾坤日夜護精華／紅英愛雪花
金雞來報曉／春風楊柳先聞到／畫意詩情繞

歐亞伶（中國）

猴去雞接手／生肖好運輪流走／金雞放歌喉

陳天培（中國）

金雞唱盛時／霞蔚書香揚國粹／共寫小康詩
佳節號長春／金雞起舞展雄風／家興國運新

高九如（中國）

雄雞唱聲揚／神州盛世慶吉祥／雪染梅綻香
迎春掛彩燈／日紅雪瑞霧松凝／祈福盛世平

陳郴（中國）

金雞五德全／一啼破曉迎新年／俳友有親緣

猴辭金雞到／破舊迎新是鞭炮／五洲真熱鬧

陸來娣（中國）

雄雞唱紅天／太平盛世又一年／百姓笑開顏
金雞鳴霄天／花好月圓迎新年／鴻運吉祥添

王瑞祥（中國）

靈猴滿載歸／金雞一唱彩霞飛／神州盡朝暉
加鞭快馬追／火眼金睛驅魑魅／圖騰建豐碑

魯漢懷（中國）

雄雞唱新篇／啟迪詩友好詩添／賀歲上詩巔
詩友攜手前／金雞賀歲詩滿船／頒獎獲凱旋

李彥棟（中國）

金雞破曉鳴／祥光璀璨耀長空／神州日日紅
春光紫氣東／祥雲萬里彩霞騰／盈門福瑞呈

田武生（中國）

金雞賦雄音／浩歌一曲沁園春／醉我中華魂
金雞喚龍騰／長江黃河馭雄風／笑傲東方紅

龍秀華（中國）

金雞放聲唱／國人奮起把夢圓／齊心奔小康
金猴返山間／雄雞高唱慶新年／神州盡歡顏

詹梅村（中國）

雞唱又新年／揮毫作畫又書聯／心情似少年
雄雞喔喔鳴／催起世人早出勤／共築中國夢

張建國（中國）

喜迎金雞唱／為民服務官架放／初心永不忘
逐夢人心沸／中華強盛藍圖繪／人民小康惠

劉曙光（中國）

金雞喜報春／旭日一輪騰海上／神州景色新
炎黃兒女情／四海五洲齊祝福／祖國巨龍騰

王智君（中國）

莫道吾平生／雞年猴歲總忙耕／讀書風雨共
報國迎春眾／梅開喜賦金雞頌／追唐郅治風

薛竹聲（中國）

暖氣逐春來／寒梅夢破過牆開／花多借地栽
抒懷把韻裁／文風濟世賴賢才／雞鳴鬧字台

劉先凡（中國）

中華夢將圓／艨艟衝破水中天／新年勝舊年

孫月英（中國）

靈猴獻果殷／金雞起舞報嘉音／家家年味濃
春聯耀家門／招喚金雞引頸鳴／臘梅露芳容

蔣蒲雲（中國）

金猴騰空去／雄雞報曉歲呈祥／舉國頌華章
拜年千古傳／尊師敬祖意綿延／凡夫孝為先

夏自強（中國）

炮竹聲除舊／聞雞起舞樂迎新／中華美夢濃

陳若平（中國）

金雞報曉鳴／普天同慶頌光明／萬鬼隱無形
雄雞興奮啼／華夏復興路不迷／歲歲有新題

詹岳高（中國）

殘臘伴鸚哥／時人擊壤傾杯樂／金雞發浩歌
歡笑綻旋窩／創業為艱艱作樂／行得也哥哥

符少先（中國）

梅香送瑞來／引領金雞登高台／一唱百花開
魚戲鳥翩躚／激灩洞庭水連天／波湧又豐年

夏可池（中國）

雞唱接新年／華人習俗共團圓／肉香酒更甜
祖地繫情緣／千山萬水緊相連／遙抒祝福篇

李建雲（中國）

風醉弄輕柔／金雞高唱瑞氣浮／春盈萬戶樓
梅處聽清音／閒詩愛詠塵不侵／悠悠寸草心

羅孟冬（中國）

天上溶溶月／金雞報曉天下白／賀春從茲越
九州同涼熱／詩腸如鼓歌一闋／比肩情懷烈

徐德純（中國）

筋斗翻舊年／雄雞振翅譜新篇／共沐豔陽天

樊希洪（中國）

起舞一聲啼／鐵距金毫五德齊／噴薄朝陽起
梅萼開庾嶺／春催九域東風勁／金雞唱太平

張昱昕（中國）

金雞賀吉祥／鶯歌燕舞滿三湘／節日沐朝陽
華夏當自強／節日添輝萬業昌／家家過小康

陳玉蘭（中國）

金雞昂首鳴／中華民族自當雄／科技攀高峰
金雞報福來／歲賀復興大舞台／施展智能才

吳建華（中國）

年輪又一圈／唱曉天雞捷報傳／國夢共同圓
潑墨寫鴻篇／燈籠爆竹賀新年／酒詩闕闕鮮

李伏蓮（中國）

金雞迓歲來／高歌昂首望鄉台／祖國記胸懷

鍾愛群（中國）

金雞舞翩躚／四海同春樂翻天／心甜歌也甜
喜慶樂雞年／邁步小康百花妍／仙景在人間

周東欣（中國）

金雞賀新春／抓住機遇不放鬆／創業定成功
華夏多才俊／雞歲繼續鼓幹勁／漢俳樹威信

肖岳雲（中國）

金雞朝天叫／萬家團圓好熱鬧／俳友同歡笑
大地拂春風／興中華不忘初衷／共圓中國夢

吳益新（中國）

辭舊迎新春／國泰民安中華強／詩友齊歡騰
雄雞來報春／歲月更新福滿門／不忘詩友情

徐松柏（中國）

雞鳴天下昌／拱手互賀同歡唱／人人心舒暢
雄雞引頸鳴／中華大地放光明／詩友頌人民

任繪竹（中國）

紅梅報春暉／靈猴彩鳳呈祥瑞／五福迎新歲

盧維貴（中國）

德禽叫聲聲／美猴迎來堯舜春／禮炮沖霄雲
吉祥十二聲／舊歲新年從此分／綢繆錦繡春

張益富（中國）

金猴退舞台／雄雞唱曉報春來／萬戶大門開
雞報玉堂春／司晨喚醒夢中人／定要苦耕耘

陳守璽（中國）

金雞喔喔叫／神州大地春來早／福音染眉梢
雞年唱新意／一帶一路絲帶紅／總把寰球繫

沈顏（中國）

新歲金雞鳴／實為祝福一片情／側耳喜聆聽
燈籠紅燭秉／祈年世間皆太平／金雞願長鳴

周樹莊（中國）

一任眾雞啼／千言萬語把願祈／尚須自奮蹄

沈克非（中國）

丁酉又一輪／東西聯動地球村／俳語道乾坤
薄雪沐冬季／玉猴擺手再相憶／詠春迎金雞

俞晨瑋（中國）

金雞本土娃／異國郵政屢見它／國運益昌達

羅正平（中國）

雞唱復興歌／中華萬代固山河／新歲樂吟哦
雞啼賀新年／華夏中興社稷堅／歡樂堯舜天

鍾素冰（中國）

新春雞唱紅／中華崛起日興隆／圓夢眾心同
大地舞東風／報曉金雞唱歲紅／高歌頌政通

薛勝寶（中國）

又當雞值年／一唱江山紅個遍／祖國豔陽天
兩岸情誼牽／炎黃兒女又團圓／吾儕當了緣

薛曼華（中國）

疏影俏梅枝／冰肌玉骨耐人思／偏開寂寥時
幾度問心知／邀汝同吟詠絮詩／雲空望眼癡

周翠蘭（中國）

轉眼又新年／雄雞啼唱豔陽天／梅竹奏新弦
春來鋪畫卷／綠漲芳池源不斷／彩鳳舞庭前

陳德普（中國）

雞年喜事多／迎春歡唱富民歌／詩妹愛詩哥
政策暖心窩／花發春山百鳥歌／雞年喜事多

鍾國珍（中國）

賀歲迓雞年／高歌猛進策神鞭／圓夢續新篇
夢境繫心田／華夏乘風騰九天／復興擔鐵肩

俞晨瑋（中國）

金雞本土娃／異國郵政屢見它／國運益昌達

夏支左（中國）

一唱醒神州／無邊春色醉吟眸／萬眾展歌喉
天際聳高樓／龍飛鳳舞赤霞流／美景莞然收

曾敢想（中國）

江春入舊年／空留梅影舞翩躚／明月照團圓
新桃換舊符／笑飲團圓酒一壺／年年慶有餘

文啓（中國）

雄雞立玉屏／氣宇軒昂送激情／一鳴啟新程
華夏圓綺夢／朝前邁步記初衷／小康惠民生

夏冰冰（中國）

雄雞唱天明／迎來幸福安康年／國泰錦象新
金雞翩翩舞／引領眾生幸福夢／江山多驕嬈

曹春初（中國）

金雞立寰中／無懼歪風斜雨攻／一路唱大風
自強氣勢雄／海上絲綢帶友朋／向陽沐春風

陳卓甫（中國）

金雞賀歲鳴／炎黃戶戶喜盈庭／神州處處春

華夏多遼闊／金雞一唱天下白／熱愛新中國

楊靜萍（中國）

雄雞喚春風／抖擻漢俳眾詩人／詩興如泉湧
海角與天涯／漢俳結緣成一家／聞雞起舞中

謝一平（中國）

金雞壯情懷／歲月經年滿漢俳／天地皆飛彩
微信乘風來／心泊網絡忙下載／新年發大財

楊善鈞（中國）

金雞鳴日曉／萬戶千家納福音／燕舞柳青青
一鳴萬戶開／躍馬揚鞭正此時／奮勇展雄姿

蘇山雲（中國）

喔喔高聲唱／昂首抒懷勵志詩／振翅展雄姿
角落糠窩裡／殷殷一念臥無聲／只因有蛋生

賈麗雲（中國）

金雞舞蹁躚／千家萬戶慶團圓／歡度喜樂年
詩友皆豪邁／漢俳情牽海內外／網上把年拜

劉東英（中國）

金雞鬧新春／漢俳春晚樂詩人／個個曬詩文
祝賀一聲聲／幸福安康喜臨門／家家降財神

楊勇（中國）

俳歌眾人和／雄雞唱徹天下白／新年樂呵呵
雞鳴思路開／大眾創業模式改／逐夢多精彩

肖志平（中國）

金雞報春曉／瑞氣祥和旭日繞／挑李花開早
金雞舞翩翩／春光燦爛百花嬌／萬物喜開顏

劉玉林（中國）

金雞歌新年／大地回春景象妍／處處豔陽天
猴去丁酉到／金雞賀歲迎拂曉／神州盡歡笑

彭少英（中國）

金雞喔喔啼／昂首高歌賀新歲／萬事都吉利
金雞起舞鳴／聲聲激昂迎新春／家和萬事興

田雲程（中國）

金雞一聲啼／溪邊楊柳穿綠衣／桃李現花蕾
猴走迎雞到／風調雨順好徵兆／神州盡歡笑

諶政綱（中國）

金雞報歲新／虎踞龍盤迎早春／四海同歡慶
金雞詠華人／中國追夢步不停／和諧大家庭

王軼民（中國）

金雞陣陣催／大雪紛飛迎春歸／華年常舉杯
雞鳴報春到／漢俳酬唱掀熱潮／詩情逐浪高

謝旭東（中國）

金雞報鐘聲／炎黃子孫喜迎春／中國夢成真
追夢繫民心／興邦治國振乾坤／神州萬事新

黃晏民（中國）

金雞賀新春／裝燈結彩喜盈門／快樂中國人
同追國夢圓／中樞惠政年複年／降福在民間

朱建宏（中國）

金雞昂首啼／車水馬龍人擠擠／團聚新年裡
開懷歌盛世／和平發展樹旗幟／漢俳傳信息

蘇明生（中國）

金猴辭舊歲／雄雞一唱賀祥瑞／盛世暖心扉
金雞迎春歸／國泰民安人欣慰／歌舞慶祥瑞

俞首成（中國）

金雞納福哉／吉祥如意樂開懷／財源滾滾來
歡樂舞翩翩／千家萬戶慶團圓／舉盞賀新年

冬青樹（中國）

杏雨染梅紅／穿堂紫燕剪春風／詩詞隨浪湧
雄雞報曉鳴／詩書繼世硯田耕／家風萬代承

王欣（中國）

金雞唱大千／蒸蒸日上萬民歡／康莊路更寬
賀歲樂融融／萬物生輝春意濃／舉酒話年豐

喜上眉梢（中國）

報曉喚朝陽／水餃拼盤敬上房／鞭炮響回廊

雞鳴艦起航／長龍賀歲喜洋洋／桃符著富強

眉彎（中國）

鼓樂奏和絃／歡歌勁舞賀雞年／前途多燦爛

福樂繞身邊／雄雞報曉唱團圓／生活多美滿

謝慶會（中國）

紅聯戶戶懸／鞭炮齊鳴響徹天／把酒慶新年

把酒慶新年／漢俳賀歲啟毫端／窗前梅蕊綻

郭德雲（中國）

金雞唱暖韻／大地回春遊子歸／相聚情更濃

共計參加活動詩人：192 人

三・風雅漢俳

風雅漢俳 2015 年第 1 期（創刊號）

主編：段樂三（中國）　林爽（紐西蘭）
副主編：黃明燦（中國）
編輯部主任：李德國（中國）

卷首語：漢俳短論

段樂三（中國）

詩的品種很多，外形是標記，分不出誰偉大，誰渺小。

漢俳是詩的新品種，優眾之優。

好的漢俳不老，與日月同在生輝。但要出神：四平八穩，讀者無獲；故弄玄虛，讓人茫然；無病呻吟，看官厭假；獻媚取寵，叫人噁心。出詩容易出神難，出神功夫在詩外。要入化：入化的詩，操作遊刃無餘，處處得體，短如「花鬘抖擻龍蛇動」，長則「千里江陵一日還」。入體容易入化難，入化功夫在詩內。

總之，要脫庸、離俗寫漢俳。

漢俳像珍珠落盤閃耀，但不是珍珠那樣只做貴人妝飾物。好的漢俳，群眾同樣能創作、愛欣賞、擁有使用能力。

漢俳像群花風格各異，但不是群花那樣只應時開放一下。好的漢俳，能綿亙千秋、有益萬代。

漢俳像熟透的蘋果有色有香有滋味，但不是水果那樣要求皮肉完美。好的漢俳，像是新鮮果汁，沁人心脾。

漢俳像陳年老酒醉人，但沒有至人發狂那麼高度數。好的漢俳，愈醉愈明，愈醉愈仙，愈醉愈理人世萬象。

段樂三（中國）
斑鳩居我家

露台忙種花／青藤香蔓護欄掛／斑鳩來我家
初居羞答答／一半生疏一半怕／相見也無話
人鳥易融洽／穀物為餐水為茶／誠心當一家
早起賞群花／斑鳩窩內在玩啥／嘟嘟養娃娃
小鳥風拂大／飛來鳥舅鳥姨媽／歡慶樂開花

林爽（紐西蘭）
金秋三峽遊

金秋遊三峽／千里江陵順流下／兩岸有人家
巴東三峽長／猿鳴三聲淚沾裳／空谷響絕唱
游輪安穩抵／晨曦雨中訪白帝／不聞猿嘯啼
朝遊白帝城／體驗古跡歷史深／古城乃名鎮
豐都遊鬼城／陰曹地府奈何橋／名山沉魂笑

黃明燦（中國）

桃花源遊記

時聞人語聲／風嘯鳥鳴潺潺音／滿目搖翠屏

漁村夕陽長／梅溪煙雨兩茫茫／陶令遺詩章

古道沐斜陽／輾轉通幽一路香／桃花正散芳

煙水渺茫茫／暮山嶺上掛斜陽／花紅落地床

半嶺秦人村／松皮為屋鹿為鄰／青山飛白雲

李德國（中國）

詠林蔭道

城區道兩廂／蔥蘢樹木散芬芳／行人好乘涼

幾處小池溏／玉路周圍插柳楊／淑女挽情郎

來客覽資江／綠樹成蔭遊樂場／一派好風光

美人窩

湖鏡倒山青／翠竹林深偶露亭／窩窩隱巒屏

晨露濕衣裙／妙曲琴聲何處聞／樓閣繞祥雲

石華（中國）

老馬

老馬臥斜陽／夢中囈語氣猶昂／兀自聘沙場

老牛

一生志不移／既然無力再拉犁／自願解人饑

聽竹

風吹千頃竹／猶如軍號在催促／逐夢再加速

詩友

詩友應邀來／推敲一字幾徘徊／共育百花開

早春

風搖嫩柳條／有心催發小園桃／河山雪正消

陳日光（中國）

江邊農家

江上數隻鴨／碧波戲水追魚蝦／岸竹隱農家

靚麗黃昏

老伴手牽手／路人相看不害羞／散步晚飯後

冬景

凜冽朔風叫／漫天白蝶舞逍遙／瘦骨紅梅俏

楓

繡球拋給秋／江南女子般害羞／臉紅似醉酒

月夜海邊賞景

片片白帆過／月色溶溶照歸舶／聽簫看漁火

達悟（中國）

雪

秋起雨洗闊／滌盡舊塵唱新闋／古國祈瑞雪

銀花滿天舞／呼兒取機疾出屋／舒顏觀雪樹

瘦梅崖邊俏／莫言孤芳多寂寥／猶在狂雪笑

暮姿色深沉／棄妾道邊君不聞／更思潔白身

寒冬襲匆匆／千里山巒鎖霧重／傲雪有勁松

月梅（紐西蘭）

天空塔

一塔傲群芳／餐飲娛樂博彩旺／奧市地標王

覓神灣

嬉水逐沙灘／藍天碧海共一灣／清風醉人酣

一樹山

一樹蕩無存／鄉土風情添香淳／綠草遍羊群

港灣

遊艇海穿梭／千帆倒影傲蒼穹／啟航撥清波

伊甸園

伊甸休眠山／鳥瞰奧市展風光／夜色景更燦

滕林（巴西）

路

人生之道路／皆由個人自選擇／智者行正途

養生

為何要養生／健康長壽快意通／日夜樂無窮

歡潮

浪高又退潮／思鄉懷友萬里迢／祝願如浪濤

任少歌（中國）

唱歌

唱歌唱紅歌／紅星閃閃照亮我／長大報祖國

升旗

國歌響天際／向著國旗行隊禮／祖國我愛你

版圖

祖國版圖大／形似雄雞立天下／唱紅我中華

屬龍

我屬中國龍／行雲布雨把霧騰／年年好收成

雁陣

大雁好氣派／嘎兒嘎兒把隊排／帶著春天來

成應良（中國）

粉筆

潔白聚一身／傳播知識化粉塵／功高不留名

清泉

天孕地育生／穿山破石步不停／潤物細無聲

晨風

清早沐晨風／漫步江堤景色新／人在畫中行

垂釣

柳下兩三人／不學漁夫仿太公／收穫幾多情

夜渡

輕舟似流星／一江春水滿腔情／方便過往人

劉班謀（中國）

下雪

天上落丫丫／飛進屋裡好像花／一會不見了

漲大水

大水真的大／河水高高浪鼓打／別進村玩耍

幸福

你們幸福嗎／我卻天天要挨罵／都是我的媽

慢長大

只想慢長大／長大就像爸和媽／沒有時間耍

勞動

爺爺菜地翻／我拿小鋤跟著幹／勞動真好玩

夏建輝（中國）

詩友

一群樂天派／金錢名利置身外／潛心寫漢俳

人生

來到這世上／精采平凡戲一場／什麼都看淡

鄰居

惜緣作比鄰／你來我往心坦誠／情勝一家人

父親

年事已高齡／心態平和享天倫／快樂似仙翁

螢火蟲

一盞盞小燈／照亮門前曬谷坪／樂壞孩子們

李榮華（中國）

湖濱別墅

別墅列湖濱／美歐風格一時新／惜少故園親

大湖飛艇

霧繞玉湖寬／輕舟拍浪入雲端／日上正三竿

水上飛機

笑駕水蜻蜓／凌雲直上接天庭／助我摘星星

荷

夏雨沐荷池／萬盤珠玉競風姿／綠紅相潤滋
君子近清波／紅霞朵朵影婆娑／新葉出淤沱

節竹（中國）
國慶前夜

電話聲聲叫／回鄉看看兒孫鬧／夢裡呵呵笑
長假欲何往／呼朋喚友齊相約／一醉農家樂
老少笑開顏／門前公路與城連／福祉到民間
喜報不時傳／神七又上九重天／凡間不羨仙

神七問天

天問誦千年／而今直上九重天／問天面對面

王瑞祥（中國）
追憶 D 君 3.11 東日本大地震脫險四周年

地裂天欲崩／屋跳車舞人驚魂／火光黑煙滾
巨浪排山來／人為魚鱉陸成海／屋房隨浪擺
D君安與否／眾友百計平安求／心揪淚常流
忽聞撤僑音／即赴新潟待機臨／一路瘡痍景
平安信息飛／萬歲一呼群情沸／今晚可安睡

孟德潭（中國）
滿籃生香

珍珠生紫光／滿簍葡萄顆顆芳／閃閃散清香
等等別先嘗／航飛不計路多長／詩朋在遠方

春滿乾坤

殘原梅勁生／北來飛雪裏寒風／糾纏一樹紅
喜鵲夢新春／比翼雙飛入樹中／歡樂戲玲瓏
地厚護根深／支支梅杆展雄風／春意滿乾坤

劉若男（中國）
向日葵

莖直首高昂／癡心不改向太陽／粒粒籽兒壯

雪蓮花

身貴為雪蓮／傲立高原寒山巔／不與花比鮮

迎春花

舞動楊柳腰／婀娜多姿領風騷／柔情把春招

棉花

謝天地賜福／滋生高潔精美物／冬暖千萬屋

曇花

綻放擇良宵／英姿俏麗過眼飄／情在影中搖

劉東英（中國）
櫻花

粉面像嬌娘／迎風招展戲游郎／蜂兒采蜜忙

賞油菜花

遍野染金黃／沐浴叢中沁心房／歸來滿身香

遊寨子侖

漫山紅杜鵑／嘻鬧叢林夢回旋／醉在鳥語間

謝尊師

有幸遇尊師／才學淵博令我癡／春風化雨絲

愛心

植樹正春風／滿山造林鬱蔥蔥／流汗樂心中

今田述（日本）
嵐山

山紫水明洄／堤端忽到周老碑／櫻風樹間吹

龍安寺

白砂覆方庭／十岩成嶼箒波平／越坰枝垂櫻

南禪寺

訪客仰大門／樓上曾登怪賊痕／門前豆腐好

金閣寺

山麓荷覆池／金色雅樓不世姿／是將畫中詩

錦小路

小道通千舖／山海珍味無材無／時時應招呼

蔡思彬（中國）

做人

正直煉丹心／無私無畏無邪念／為人處世尊
于處灑甘霖／仁慈寬厚赤心誠／謙和送熱忱
情義海洋深／天高雲淡日月明／春風起祥禎
親和性溫存／高風亮節身安泰／至善樂心仁
出污勿染塵／清純素雅慧心靈／品端德修行

陸玲妹（中國）

落葉

戀枝繞根旁／不離不棄兩相望／悄悄鋪溫床
落地不枯黃／有緣相伴綠草郎／且笑且留芳
淡色妝不濃／獨具一景秋到冬／裝點一方中
舉目片片魂／落葉叢中似見春／芳林又一新

楊妍（中國）

南洞庭又遊

洞庭春水長／蘆筍摘采野菜香／風景撩船窗
湖邊待撈忙／舟小順水繫一旁／微雨兩茫茫

德群山莊偶感

漠漠炊煙起／湖光山色殘陽裡／顧自垂柳倚
園雀雙雙戲／空餘心思誰惦記／仍往樹叢棲

山村看梅花報春

融融娥妝俏／素顏尤喧春來到／問君可妖嬈

陳守璽（中國）

憂愁

端起一盞酒／憑空伸來一酥手／誰知誰更愁

相見歡

相歡在週末／一同舉杯邀嫦娥／桂花叢林躲

農家妹

纖纖手織紗／一地綠葉一地花／吉日隨身嫁

春

藤蔓弄籬笆／楊花似雪飄飄灑／海棠披紅嫁

運河雪韻

銀蝶漫天舞／一灣漢水遮不住／魚翁與天賭

周均生（中國）

詩海驪珠

詩海大潮中／我與漢俳喜相逢／漢俳情所鍾
漢俳情所鍾／精美絕倫細雕龍／傳承雅頌風
傳承雅頌風／言短情真好玲瓏／韻味嚼無窮
韻味嚼無窮／詩珠玉屑配驪龍／字字珠璣同
字字珠璣同／新世新詞新詩風／漢俳應運逢

熊衍璋（中國）

春之戀

柳綠草氳氳／春風春月水生紋／佳節念伊人
蝶舞菜花新／呢喃燕侶繞梁吟／詩筆吐芳芬

羊之戀

風雪伴蘇君／脈脈溫情傳子孫／善美更忠貞
跪乳見精神／天生就是領頭人／堅韌智超群

雪之戀

高處不勝寒／回歸大地報豐年／感恩何必言

王克難（美國）

世界漢俳大展

情意貫四海／天涯比鄰齊開懷／能不吟漢俳

弄潮

潮起潮落好／碧海萬傾風光邈／人生無限妙

第一次世界大戰

一晃已百年／槍林彈雨戰沙灘／黃沙魂不散

2014年上元、情人節同日

玉兔東升高／上元情人佳節好／天涯共良宵

呢喃（德國）

養生

習慣徒步走／燒肉多菜人抖擻／健身亦長壽

失約

愛蜜語甜言／喜新厭舊人貪婪／恨分飛勞燕

情殤

愛你我不分／地老天荒情難甄／恨老死不聞

十德

仁義信禮智／文明傳承享譽世／忠孝勇廉恥

誦羊拜年

瑞雪兆豐年／漢俳頭羊喜賀年／康泰呈羊年

屈寶宸（中國）

慶重陽

東籬簇錦章／不畏浮名盡傲霜／吐豔慶重陽

讀《曇花》

夜裡惹人心／定時開放獻真情／默默等知音

片紙

片紙白鎧鎧／鏤月裁雲寫漢俳／拱手拜同儕

讀《風韻種種》有感

漢俳驅步難／趨步雖難總向前／開拓展新顏

開拓靠群賢／用心創作細鑽研／前頭有樂三

王兆坤（中國）

愛國

有國才有家／為了天藍腳踏綠／先驅熱血灑

賀《風雅漢俳》

漢俳又一刊／有緣參與正心歡／拜品好詩篇

和諧

和諧友邦鄰／攜身共建地球村／馬列決心真

謝慶會（中國）

竹

惠風翠有聲／無數春筍滿林生／客至未相迎

紛紛雪裡看／明年截作釣魚竿／意裁鳴鳳管

蘭

秋蘭也青青／心似美人獨有情／綠葉配紫莖

貞姿香有韻／勁葉世間全青淨／柔花美人心

芳心不自媚／和露香風天水佩／節酒入金杯

王立群（中國）

做人

人生是舞台／禮儀廉恥各編排／忠孝用心栽

西瓜

琉璃碧玉妝／紅心消署送清涼／甜爽水汪汪

詠雨

好雨知時節／柔情深重滴瀝瀝／潤物提生氣

金秋

天涼好個秋／牧笛聲聲風送悠／碩果眼底收

柳

彎彎小溪邊／春風陣陣似剪刀／裁得柳絲飄

風雅漢俳 2015 年第 2 期（總第 2 期）

主編：段樂三（中國）　林爽（紐西蘭）
副主編：黃明燦（中國）
編輯部主任：李德國（中國）

卷首語：《風雅漢俳》漫詠三百字

王建樹（中國）

　　《風雅漢俳》，展出平台，幾人搭台，眾人登台。恰似戲台，戲班上來，敲鑼擊鼓，打板拉弦。生旦淨末，唱念做打，觀眾戲迷，爆滿看台。看台注視，平台展台，舞台戲台，比武擂台。台上台下，掌聲響開，不拘一格，推介人才。

　　《風雅漢俳》，獨出心裁，詩如其人，隊列長排。域內域外，洋洲湖海，炎黃後代，紛至遝來。以詩會友，展現風采，各抒胸臆，築夢興俳。開場順暢，功成一半，創作繁榮，紛呈流派。

　　《風雅漢俳》，繼往開來，大手筆人，寫大漢俳。風雅頌人，賦比興才，俳興我喜，俳衰我哀。志同趣合，暢遊詩海，迎風劈浪，俳山倒海。

　　為天下先，《風雅漢俳》，一枝獨秀，東方既白。喜哉漢俳，橋樑紐帶，心有靈犀，普中下懷。種族不羈，域界放開，老少抒情，男女無猜。風格各異，心揚文彩，擴展題材，驅散霧霾。

　　風雅也者，民歌頌歌，漢俳風雅，推普開來。中國國風，走向世界，全球民風，中國之俳。回放過去，掃描現在，躊躇滿志，展現未來。

　　《風雅漢俳》，博大襟懷，磚拋玉引，意義深在。

段樂三（中國）
贈閃小說推動者林爽

爽心心善良／善良服務美名揚／女皇授勳章
勞務很繁忙／又為小說閃登場／編報設專欄
忙里約洲洋／香傳小說閃金光／世界展芬芳
義工工作忙／頻添白髮也無妨／奉獻已平常

林爽（紐西蘭）
武隆印象

采風到武隆／山路崎嶇霧雲中／處處紅燈籠
楓紅層層掛／武隆山水美如畫／仙景人人誇
仙女山華邦／歲月流金光影淌／度假一級棒
天生三橋奇／混然天成確神祕／橋群數第一

黃明燦（中國）

西湖春秋

草長鶯飛低／翠柳紅桃夾兩堤／畫舫隨波移

山水緊緊依／靈隱青煙嫋嫋稀／柳浪聞鶯啼

滿隴桂花香／平湖秋月清朗朗／花港觀魚忙

雲棲竹徑西／夕照雷峰影長長／南屏晚鐘響

李德國（中國）

太陽

神仙住天堂／燒爐大火成太陽／明亮又暖洋

月亮

天上一銀盆／初一十五不相同／為何有虧盈

星星

太空亮晶晶／誰在天上架電燈／疑似螢火蟲

雲霧

霞光滿藍天／雲霞錦緞漫無邊／霓裳身上穿

石華（中國）

春情

三月獅山上／綠醉紅酣映豔陽／儷影一雙雙

秋趣

遊山當秋時／樹葉金黃果滿枝／處處有好詩

新春

紅梅早展容／雪白梨花舞碧空／百卉伴東風

渴望

我如失群鳥／亂雲迷眼淫雨敲／渴望君早到

徐國民（中國）

油菜花開

人勤地捧金／蝶蜂採蜜趁天晴／生活甜津津

夏忙

五月人倍忙／日栽棉苗夜打場／大地換新裝

秋韻

天道亦酬勤／俳花開滿地球村／秋收遍地金

鄉村公路

門前修路忙／村村寨寨連成網／條條通小康

何炳漢（中國）

秋韻

清氣爽悠悠／穀稔魚肥瓜果熟／桂酒醉金秋

平地起金風／萬畝高粱戶戶紅／機收唱大豐

詠雪

凍雨雪花飄／千里冰封凍死蟊／梅嶺南枝俏

雪花飛滿天／一尺盈埔裏大千／溫酒慶豐年

謝慶會（中國）

斑竹

香妃留瑞痕／血染斑斑成錦紋／遺恨到如今

荷

荷花別樣紅／日照新裝水底明／入詩雙朵重

詠菊

秋愛豔一枝／杏遜清高桃遜奇／開後孰憐之

霜菊乃英豪／能令眾花皆傾倒／一生高崗草

滕林（巴西）

世道

世間人心直／天道酬勤天下知／取捨見人智

詩友羊年同拜年

洋洋報平安／文友詩意盼盎然／生涯添燦爛

盲從

流行與盲從／烏合之眾慕求同／缺理瘋狂縱

智樂（紐西蘭）

西施

越國女西施／嬌妞貌美使魚沉／復國捐軀知

貂蟬

王允一歌女／能令月閉美貂蟬／連環計頌傳

昭君

西漢一明妃／能令雁落美昭君／出塞去和親

玉環

出浴華清池／貴妃貌美使花羞／醉酒露嬌姿

小宋（中國）

梅

昨夜夢還鄉／庭前疏影有幽香／驚歡淚滿眶

蘭

幽谷一叢碧／清風吹處正芬芳／不競百花放

竹

山間竹影動／青紗帳外炊煙起／牧童吹晚笛

石倉秀樹（日本）

隨風櫻雪飛

櫻雲湧蓬島／花底紅男綠女笑／白頭吟卻老
春櫻花怒放／隨處遊人帶酒香／形勝堪欣賞
悅目櫻花似／詩魂飄舞張蝶翅／才筆馳箋紙
白首賞櫻遊／青山形勝伴清流／正堪傾美酒

塚越義幸（日本）

四季

春光花影濃／寺中松老人不見／如湧午時鐘
苔氣掩柴門／蛙聲無際村路滑／遣悶只酒樽
重陽菊花觴／東籬沾露楓人醉／夕照紅與黃
敗荷板橋霜／破壁閉戶山寺影／鐘聲不尋常

石塚萬李子（日本）

貓

貓睡擅閒情／雌雄老少醉春風／櫻雲流碧空

梅林

風流家土春／馥鬱梅香流舊林／夢想意中人

櫻

櫻花滿山新／獨坐閒窗易憶人／韶光一路春

柳

喧妍柳眼開／春風拂面酒盈杯／詩朋吟興催

秋葉曉子（日本）

無題

俄積雪更清／萬朵白銀花發彩／靜寂賞心生
覺醒四無聲／今朝雪舞今夕雨／一時如有情
春晚寒亦加／埋屋雪深人跡絕／白色似翻花
風寒積雪深／溫酒爐邊冬夜詠／窗外月沉沉

李繼遊（中國）

中秋即景

秋高爽豔陽／行天雁陣牽雲長／風送菊花芳
蟹肥桔橙黃／蘆花飛白穀歸倉／秋楓燃霞光
秋湖夜氣香／平瑚月色映霓裳／鷗鳥水天翔
臨風倚晚窗／遊子今宵在哪方／托月捎錦章

韓井鳳（中國）

春

山水弄嬌姿／黃鶯囀喉偎柳啼／歸燕忘銜泥
細雨韻萬家／鵝黃柳綠秀新芽／老農種桑麻

夏

尋夢步碧涯／霞染荷塘戲藕花／裁景弄琵琶
堤柳纜輕舟／紅蕊羅裙舞不休／水畔蛙聲柔

熊衍璋（中國）

思

一面記終生／滿紙相思動客情／難得寫曾經

夢

拄杖晚登樓／夕陽紅似少年羞／燦爛滿心頭

悟

潺潺生命河／彎彎曲曲幾漩渦／回首歎蹉跎

禪

兩手握春風／修籬種菊在心中／晚景得從容

程龍女（中國）

五月

楊花笑盈盈／東方破曉天初晴／鐘聲那堪聽

老夫披衣早／抱帚理得荒穢少／乾坤無限好

新綠推舊窗／醉雨遊山雲夢長／此景可裁裳

細風抽柳棉／嬉戲孩童把學還／綠行千萬山

劉若男（中國）

泛舟

人生一葉舟／揚帆起航不計秋／風雨立潮頭

清明感賦

匆匆掃墓淨／香花果燭墳頭供／不如生前敬

朋友

漫漫人生裡／你是黑暗的明燈／無私慰心寬

風雨旅途中／你是牽手的花傘／支持越溝坎

陳守璽（中國）

毛澤東

環球一人種／揮一揮手遍地紅／越吟越味濃

周恩來

世界半旗哀／不留香火不留財／屍骨拋江海

朱德

憨厚默默聞／戎馬生涯聚軍魂／帥旗未離身

彭德懷

身正氣若鋼／立馬橫刀斬豺狼／直率成病殤

王克難（美國）

巴西紅鳥

巴西鳥園中／熱帶林間任自由／萬綠一點紅

祕魯國馬與國舞

祕魯國馬驕／碧草芳茵藍天高／祕魯國舞俏

巴西盛情

里約熱內盧／森巴熱舞情意濃／遊人酒杯空

祕魯馬丘比丘

黃帝戰勝利／蚩尤逃竄雲霧裡／萬里大遷徙

黃太茂（中國）

詠木棉

花開滿樹紅／嬌姿麗葉炫長空／獵獵舞東風

詠水仙

玉立意真誠／冰姿翠骨自天成／幽香飄逸情

詠玫瑰

帶刺專防人／深紅豔態意情深／同道吐真心

詠蓮藕

玉潔不沾塵／勇拒污流染自身／四季盡芳春

楊鳳霞（中國）

春天

細雨潤山川／桃花帶露柳含煙／芳草碧連天

夏日

日暖綻新葩／猩紅鬥秀染曉霞／嬌豔石榴花

秋韻

天朗水清澄／金蕊飄香朝露輕／鴻雁起征程

冬景

歲暮雀無蹤／凜冽北風霜色濃／峻嶺傲青松

黃憶融（中國）

詠燕子

報春回故居／迷路村莊美景區／吾巢壘哪閭

清明回鄉

雨霏草色幽／祭祖回鄉初次遊／懷親淚暗流

馬

田頭草嫩鮮／由韁放牧免人牽／農戶好成員

馬犁地

鬼手盜賊瘋／農家寶貝憤失蹤／摹馬做牛工

黃麗燕（中國）

春天

老樹換新容／蜂飛蝶舞醉花叢／春在萬家中

夏日

雲薄豔陽天／清涼全賴雨周旋／閒棲電扇前

秋韻

丹桂暗飄香／神清氣爽頌華章／秋獲享芬芳

冬景

冽風刺骨寒／梅花豔豔似天仙／霜雪素裝添

陳協明（中國）

端午

五月又端陽／香蒲碧艾寄安康／家家草藥香

夏泳

玉帶繞青羅／一江歡笑逐清波／驕陽亦放歌

水上極速運動

千帆飛似箭／健兒踏浪風姿展／柳水新名片

重陽

荏苒又重陽／黃花丹桂競芬芳／敬老禮弘揚

屈寶宸（中國）

山村訪友

訪友過溪橋／層巒疊嶂彩雲飄／溝壑暖松濤

山坳燕麥飄／竹院層樓鳳尾蕉／詩書伴酒瓢

陋室

陋室有人來／長吟短詠動秋懷／個個是同儕

菊香撲硯台／腕底龍蛇入眼來／箋箋是漢俳

屈杏偉（中國）

品竹

風霜姿未減／韌骨柔腸謙勝滿／持節香潤婉

念竹

竹搖撐碎念／寸寸空心執寄戀／星繁長夜漫

聽竹

韶光潤門楹／落雪冷沙青葉承／歲歲聽竹聲

畫竹

近筆莫驚聲／快書青羽慢勾棱／甘露知虔誠

竹林（中國）

長沙普元幼兒園慶六一

歡跳

歡欣跳起來／六一全球搭舞台／迷你一排排

別問哪家孩／親情父母用心栽／慢慢長成才

同舞

親子一同來／父母歡歌伴小孩／扭扭上紅台

怡然舞步開／家長小孩個個乖／瞧得發癡呆

雀躍

金鏤著名牌／鶯歌燕舞眾登台／乳毛才脫胎
展步有些歪／歪歪扭扭美乎哉／鮮花朵朵開

雅風漢俳 2015 年第 3 期（總第 3 期）

主編：段樂三（中國）　林爽（紐西蘭）
副主編：黃明燦（中國）　林美君（巴西）
編輯部主任：李德國（中國）
特邀編輯：楊鳳霞（中國）

70 周年紀念專輯

中國人民抗日戰爭勝利

世界反法西斯戰爭勝利

段樂三（中國）

二戰起硝煙／萬鎮千城異幟懸／敵愾鬥志堅

兵民無其數／風塵血雨長征路／千山殲敵寇

霸道終成寡／神州抗日你我他／正義救中華

帝國又生邪／想把神州當西瓜／小心炸開花

長鳴九一八／東方雄起大中華／疆土豈能拿

林爽（紐西蘭）

頌革命家刀安仁

安仁字沛生／雲南盈江新城人／刀盈廷嫡子

聰穎智超群／飽覽傣漢著作勤／博學真才俊

傣族好男兒／承襲世職任土司／年方十九時

去弊興民生／舉兵滇邊為己任／反清抗英勝

徵調土司兵／大青樹紮寨安營／團聚各族群

奮戰八年整／叢林戰術勇當勝／終將英軍鎮

緬邊界會勘／賣國賊臣毀一旦／悲憤仰天歎

革命新思想／考察印度和緬甸／軍校集力量

愛國情流露／苦思救國救民路／瞞父東瀛渡

父歿喪難歸／尋求真理悲忍淚／投身同盟會

精心巧安排／實業救國育良才／全為革命來

滇西縣起義／變賣家產為謀計／竟遭陷冤獄

黨人解禁囚／中山先生相營救／體殘志不朽

中華精英德／飽經憂患苦心志／偉男英年逝

黃明燦（中國）

抗日英雄譜

楊靖宇

中華好兒男／白山黑水殺敵頑／倭寇心膽寒

趙一曼

巾幗一枝花／抗倭衛國拋身家／熱血沃中華

狼牙山五壯士

浴血狼牙山／彈盡縱崖取義還／彪炳千古篇

左權

鐵漢衛中華／名將以身殉國家／太行披素麻

滕林（巴西）

衛國勇義師／回顧七十抗戰史／緬懷先烈士

萬物慕和平／天下太平眾人贏／普天祈同慶

李德國（中國）

八載鬥貔貅／千萬同胞熱血流／贏來戰火休

戰爭是毒瘤／世人警覺早籌謀／教訓記心頭

高燒一炷香／祈福和平得久長／世界共榮昌
文明正氣揚／叢林法則自消亡／改弦寫滄桑

楊鳳霞等八人（中國）

警笛貫神州／國殤民慟印心頭／禦敵固金甌

黃太茂（中國）

日寇罪滔天／軍民奮起抗凶頑／勝利七旬年

陳協明（中國）

八年風雨稠／中華抗戰史詩謳／恥恨刻心頭

黎俊國（中國）

讀史憶當年／日寇橫行戰火燃／國恥記心間

黃麗燕（中國）

抗戰驅倭寇／國強民富和平守／萬眾凱歌奏

楊佩雲（中國）

抗戰把倭殲／揮刀義勇貫長天／雪恥振人間

唐玲芝（中國）

同心挽覆舟／終逐東瀛報國仇／礪劍護金甌

何玉芳（中國）

炮起盧溝患／獅醒奮起倭寇顫／芷江雪恥還

心水（澳洲）

八年浴血戰／傷亡千萬夠悲慘／倭寇心不慚
寒冬悼英魂／抗戰殺孽天地昏／求和平永存

王克難（美國）

一愰七十年／抗戰勝利齊開顏／眾喜唱歡天
一愰七十年／日軍轟炸猶記憶／逃難來不及

呢喃（德國）

年輪亦七十／唏噓滄桑歲月逝／戰爭從未止
遍野無名墳／人類爭霸罪惡深／從軍炮灰紛

智樂（紐西蘭）

全球齊緬懷／反法西斯年七十／豪情賦漢俳
衛國勇義師／回顧七十抗戰史／緬懷先烈士

胡乃文（紐西蘭）

二戰七十春／中俄閱兵表心聲／全球盼和平
抗日七十春／中日紛爭日漸頻／和平才雙贏

長莉（巴西）

革命盛開花／勿忘先驅碧血灑／和平嘉年華
勝利七十春／銘記戰爭轉乾坤／祭奠英烈魂

王建樹（中國）

勤勞俸士苦／中華兒女洗恥辱／不忘前車覆
走狗乏走狗／偽滿時期瘋狂吼／鋤奸拉網收
士兵非戰犯／區別對待正確看／罪犯必審判
安倍賴皮臉／參拜神社陰火點／支持率遞減

翁奕波（中國）

八載抗戰難／浴火重生七十年／國魂鑄九天

曾明美（臺灣）

偉大抗戰史／多少生離死別事／勝利逢七十

陳日光（中國）

勝利七十年／因戰枉死萬萬千／反思在心田
強盜不講理／弱肉強食至今是／戰爭憑實力
中華要崛起／國力強大民心齊／才能保勝利
二戰遺陰影／家破人亡老百姓／回顧眾心驚
真情祈和平／但願世界能警醒／全球享安寧

馬啟代（中國）

史事足可哀／硝煙血跡怎記載／後庭花猶在
梟雄難稱雄／成王敗寇自古同／稱霸一場空

易木貴（中國）

人類欲文明／霸權政治釀戰爭／黷武濫窮兵
利劍斬長鯨／法西斯者斷魂靈／橄欖枝猶青

免惹禍端生／人民樂業享康寧／幸福五洲行
日月星恒明／環球涼熱釋堅冰／世界永和平

熊衍璋（中國）

野獸虐南京／頭顱卅萬眼圓睜／此恨最關情
八年風雨腥／降魔蕩寇憶精英／血肉築長城
警鐘耳畔鳴／豈容魔鬼再橫行／大鼎喚和平
龜孫拜鬼窩／雄獅利爪要常磨／衛我好山河
東南事未休／願將詞賦化吳鉤／惡極有天收
和平是主流／高懸正義話同仇／祈禱不哀求

曹鳳仙（中國）

家書旬沉沉／精忠報國凌雲志／緬懷敬忠魂
勝利凱歌揚／蘆溝狼煙怎能忘／警世對非常

韓井鳳（中國）

艱難憶幾重／血雨昏天換黎明／歡歌盛世聲
赤旗舞壯魂／前仆後繼勵後坤／血凝錦繡春
崢嶸舞乾坤／殘酷戰爭常憶新／提筆念忠魂
往事豈消磨／烽火燒疤尚未合／祈世少風波
軍國主義舞／江海泛紅響鼙鼓／數我黎元苦
憶去怎安眠／橫屍遍野染紅泉／江河訴悲言

李榮華（中國）

日寇犯神州／八年抗戰赴同仇／熱血寫春秋
回眸七十秋／血染征袍伏敵酋／英名萬古留
舊恨啟新謀／和平共建益全球／代代止戈矛

王東亮（中國）

燒殺舉世驚／血染江河水猶腥／玩火必自焚
晝夕起相思／身經五代太平時／企盼永安之

詹易成（中國）

鬼子犯神州／中華浴血戰八秋／芷城伏寇酋
日降七十年／今朝安倍欲翻天／警惕死灰燃
世界不安寧／臭味相投搞聯盟／人民反對聲
中華闊步行／豈畏陰風濁浪生／昂首衛和平

李繼遊（中國）

「九一八」事變

賊子藏狼心／覬覦中華造禍端／血浸東北風

驚夢盧溝橋

強盜炮火凶／驚夢石獅染血腥／家園狼群侵

南京大屠殺

魔鬼狂屠城／冤魂悲泣滿金陵／怒焰共焚心

廠窖慘案

惡魔忒狂瘋／三日競屠三萬民／血染河湖紅

芷江受降

得道勝強梁／日寇乞降小橋旁／華夏喜眉揚

石華（中國）

勝利七十年／世界人民反戰爭／永遠享團圓

同住地球村／消滅戰爭保和平／福在五洲升

楊騰貴（中國）

熒屏湧波瀾／開眼驚心忍痛看／玄武血斑斑

勝利熱血澆／八年果熟七裡橋／青史細細雕

抗日遠征軍／寸寸山河染血痕／青史尚余溫

劉班謀（中國）

先賢禦外侵／救亡圖存眾一心／舉國正興隆

地球一家人／共同攜手創繁榮／刀槍鑄金銀

陳卓甫（中國）

勝利七十年／翻天覆地夢將圓／人人喜笑顏

勝利七十年／社會和諧頌聲傳／神州萬象妍

戰爭禍人民／祈禱和平世界寧／眾志可成城

世界無硝煙／祈禱和平反戰爭／人類大團圓

文啓（中國）

倭魔舞翩躚／艱苦奮戰整八年／滅寇意志堅

勝利七十年／戰犯招魂是非顛／警惕起狼煙

同住地球村／兄弟姊妹一家親／永做幸福人

劉衛軍（中國）

浴血戰八載／高歌伏魔七十年／永懸正義鞭

不忘當年恥／應警鬼魅欲還魂／衛疆志成城

宇清享和平／華夏兒女齊奮鬥／共繪神州春

世界祈和平／全球大眾臂挽臂／共建地球村

彭佑明（中國）

煙花映地天／水笑山樂華夏歡／國恥記心間

雙手揖胸前／願譜天下和平篇／勝戰方止戰

俞首成（中國）

寇罪豈能忘／世代相仇必兩傷／解冤共吉祥

蘇山雲（中國）

浴血八年久／勝利贏來七十秋／今朝放嗓謳

鴿哨襯藍天／花開大地競香妍／笑語滿人間

歷史要重溫／不可重來是戰爭／常把警鐘鳴

世界新模樣／軍人只為救災荒／不要殺人槍

楊靜萍（中國）

倭寇犯神洲／遍地焦土血淚流／江山日夜愁

血肉長城築／舉國上下同復仇／重拾山河舊

夏建輝（中國）

七十周年前／東洋鬼子發了瘋／踐踏我家園

軍民意志堅／浴血奮戰整八年／將他一舉殲

同住環球上／互相殘殺為哪般／何不共平安

劉若男（中國）

難忘三七年／蘆溝橋畔起狼煙／鬼子侵家園

奮力搏八年／英雄熱血染紅天／勝利凱歌旋

劉東英（中國）

血戰憶當年／八載烽煙驅寇軍／崛起九州龍
那灰暗天空／嚎叫著瘋狂魔鬼／禦禍護和平

郭立華（中國）

抗戰整八年／同胞浴血脫深淵／苦海得重生
戰後少硝煙／勝利凱歌響徹天／得種幸福田
念佛又燒香／祈福上蒼降吉祥／飛鴿自由翔
心底樹善良／和諧社會共榮昌／致福步康莊

陳勇（中國）

彈指一揮間／抗戰勝利七十年／華廈換新顏
國恨須常記／倭寇賊心未曾滅／謹防山河裂
祈蒼穹之下／槍炮入庫兵還家／莫開原子花
禱綠洲之上／家家如意人吉祥／幸福萬年長

李錫乾（中國）

歷史七十年／綜合國力力勝天／小丑淚漣漣
世界盼和平／跳樑小丑把命拼／眾人將理評

鐘道生（中國）

日本降芷江／先烈抗日有榮光／國辱豈能忘
盧溝鐵蹄橫／舊恥新傷多少痛／衛國衛和平

肖育花（中國）

華夏起硝煙／八載抗戰凱歌傳／旌旗飄獵獵
今朝中華崛／十億神州好夢甜／和平建芳園
高山盼和平／祈禱世界無戰爭／千嶺峰連峰
流水喚和平／浩浩蕩蕩江河奔／永世享安寧

諶傑峰（中國）

中華慟國殤／東洋倭寇罪昭彰／歷史豈能忘
世外有桃源／河清海宴無狼煙／人間美樂園

田雲程（中國）

戰後七十年／民族團結日超前／中國夢正圓
舊痛不能忘／同仇敵愾保邊疆／防寇再猖狂
和平國富強／人民幸福享安康／協力創輝煌
和平國就興／富國富民得安寧／夢想定成真

王軼民（中國）

戰後七十年／國際風雲又變遷／歷史當為鑒
同住地球村／合作共贏祈和平／競爭不戰爭

諶政綱（中國）

環球新天地／七十周年慶勝利／歷史當銘記
二戰法西斯／失道寡助喪良知／尔等須反思
祈禱和平聲／五洲四海傳福音／天下享太平
祈禱和平神／心中裝著老百姓／人類向光明

彭少英（中國）

抗戰八年整／打敗日寇獲全勝／今年大歡慶
世上有狂人／祈禱和平無和平／槍炮毀安寧
強軍築長城／遏制戰爭保和平／人民得安生

三木風（加拿大）

抗日烽火連／倭寇兇殘命卻短／正義世代延

劉玉林（中國）

倭寇侵中原／同仇敵愾齊亮劍／抗戰八整年
驅寇七十秋／國強兵精壯志酬／江山萬古留

上蒼顯神靈／天地人間皆有情／盛世享太平
祈禱和平年／天藍地青生靈現／家園美當先

陶文荃（中國）

不忘血成河／不忘屍骨滿山坡／不忘戰難多
霸道無反省／紀念活動是提醒／莫讓異派逞
世人愛和平／斷惡修善准能行／祈禱心意誠
世人要和平／好戰魔頭定興風／強軍保安寧

肖志平（中國）

回眸七十年／日寇侵略罪超天／教訓永留傳
勝利七十年／各業發展齊爭先／快馬再揚鞭
幸福不忘本／牢記先輩血汗功／祈禱求和平
世界要和平／歷史教訓銘記心／人類求安寧

李彰國（中國）

勝利七十春／天安門前大閱兵／威武展雄風
抗日倖存人／紀念獎章掛滿胸／代表中華魂
各國首腦們／世界和平靠人定／不要當狂人

朱建宏（中國）

納粹的滅亡／奠定勝利新希望／和平呈曙光
消滅法西斯／大戰過去已七十／不忘苦難史
一顆平靜心／祈禱世界永安寧／災禍莫降臨
和平與發展／開創全球新局面／心願代代傳

謝旭東（中國）

血肉築長城／大刀砍向關東軍／國恥裕後坤
警角永長鳴／國防科技攀高峰／決不先犯人

黃晏明（中國）

侵華日寇軍／罪惡滔天實難忍／民族同仇恨
夜過日天明／浴血抗日八年整／國土保安寧
崛起中國龍／中華大地顯強盛／不懼外強侵
華夏子孫人／歷來相傳要和平／美德永傳承

阿兆（中國）

狂徒燃戰火／軍民奮起伏惡魔／浴血換平和
勝利七十年／億萬英靈享祭典／公義來奉獻

風雅漢俳 2015 年第 4 期（總第 4 期）

主編：段樂三（中國）　林爽（紐西蘭）
副主編：黃明燦（中國）　林美君（巴西）
編輯部主任：李德國（中國）
特邀編輯：楊鳳霞（中國）

卷首語：感言三百字

王建樹（中國）

楊柳青，江水平，聞岸邊，乍歌聲。西邊雨，東邊晴，道無情，卻有情。編輯者，不求名，為她人，嫁衣縫。

風光好，天清明，放高聲，踏歌行。

俳之初，少人顧，問何故，藝生疏。樂三兄，奉獻殊，操俳刊，聚師徒。一人呼，眾人聚，甯受累，甘吃苦。

俳人眾，俳藝熟，俳事興，俳續突。辦刊輟，心未服，俳又起，意遂足。現如今，環球顧，俳行伍，演陣圖。

聚名師，集高足，會才女，見良母。漢滿蒙，回藏族，老中青，競和睦。工農商，與幹部，志同歸，步殊途。

詩書畫，曲歌譜，增雅興，新耳目，崎嶇跨，坎坷除，與時進，辟新途。看今朝，憶始初，加慨歎，減踟躕。

俳求精，藝要熟，矢志者，心願如。眾拾柴，火焰足，用腦力，繪藍圖。慎追遠，頻回顧，抬望眼，瞻前途。

俳心人，寫意足，俳業興，世關注。添一人，加雙箸，箸之者，手中竹。目中竹，心中竹，意中竹，畫上竹。

多將帥，出士卒，肯磨練，願付出。詩者壽，享清福，抒胸臆，不滿足。眾詩友，齊荷鋤，俳詩苑，不荒蕪。

段樂三（中國）

段氏大絲瓜

閒時也種花／花開瀲灩遇風沙／養出大絲瓜
絲瓜愛我家／牆角長成馬大哈／隨你誇不誇

過馬拉河谷

靜靜馬拉河／無雨無風無水波／穀底網藤蘿
生活逼人過／馱著馬匹帶著鍋／日夜苦穿梭
寂寞互吆呵／飛禽走獸眾相歌／神祕用心和
不想日光多／不求明月見嫦娥／年長慢慢磨
泉水浸藤過／絲絲乳漿瀉山坡／碧透馬拉河

林爽（紐西蘭）
頌九三閱兵大典
——紀念抗戰勝利七十周年閱兵後感

歡欣觀閱兵／安坐家中慶和平／舒適好心情
城樓繽紛慶／萬里晴空麗日迎／喜氣聚北京
習總迎國賓／紅衣夫人美親民／端門稀客臨
強國多缺席／拒長威風不給力／存心滅志氣
禮炮七十響／五星紅旗冉冉揚／喜淚緩緩降
**
雄偉軍樂琅／熱血沸騰情高漲／聽那歌聲昂
黃河在咆哮／抗敵精神激昂調／風吼群馬叫
回首憶從前／艱苦奮鬥十四年／先烈多貢獻
海陸空三軍／五十方隊長久訓／男女英姿俊
女儀仗亮相／啼聲初試威風揚／颯爽秀好樣
抗戰老兵威／出生入死把國衛／當年英勇最
**
裁軍三十萬／史上閱兵十五趟／首次為抗戰
空中展梯隊／數量之多歷史最／震撼熱淚催
梯隊似雄鷹／鋼鐵長城空中影／磅礴氣勢挺
勝利七十載／七機拉引七彩帶／願和平永在
習總名言送／告誡慎始也善終／國民責任重

> 註：習總致詞中引詩經名言：「靡不
> 有初，鮮克有終」告誡國民慎始
> 善終。

黃明燦（中國）
葫蘆夫妻
葫蘆小夫妻／交互纏繞不分離／看客總誇奇
童友
再見已白頭／清茗一杯待童友／共話小放牛
樹房
牛人敢逆天／仙宮建搭天地間／風搖正好眠

侗家風雨橋
風雨任飄搖／見證滄桑細細描／不老風雨橋

滕林（巴西）
比鄰
影像加傳聲／四海一家地球村／彼岸若比鄰

李德國（中國）
春
湖面照青天／綠水青山格外妍／瑤池也遜顏
春色載滿舟／萬頃清波片片鉤／此情怎能休
仙境是我家／湖鄉遍野是桃花／染就滿天霞
翁媼樂悠悠／青山綠水美神州／人在畫中游
春風梳翠柳／蘇杭景色銀城有／陶醉魂難守

楊鳳霞（中國）
詠燕子
柳綠落英紅／雙燕銜泥細雨中／簷下築巢匆
晨泳
旭照滿江霞／中流擊水浪飛花／怡情身亦佳
中秋
佳節備酒肴／柳水錫山千里遙／且將明月邀
詠梅
骨瘦傲風霜／姿美花嬌蕊吐香／品秀冠群芳
詠楓葉
紅如二月花／嬌妍明媚賽奇葩／天邊一抹霞
秋雁
秋涼落葉黃／雁陣青天字一行／南飛回故鄉

王克難（美國）
玫瑰三願
藍天白雲飄／青青草原見牛羊／夢中回故鄉
太陽高高照／碧空萬傾任逍遙／天地一海鳥
漢俳創作巧／情濃意深心高超／人生無限好

呢喃（德國）
血月亮
圓月似蛋黃／中天如日血月亮／滿眼裝願望
血月好倉促／嫦娥縈繞心中住／思念亦躊躇

智樂（紐西蘭）
梅
笑報喜迎春／鬥雪凌霸令節威／詩人樂詠之
蘭
芬芳撲鼻聞／朱德平生喜詠吟／居室廣置盆
菊
采菊東籬下／淵明喜賦詩歌讚／重陽節美畫
竹
蘇東坡愛竹／寧無肉住茅草屋／有竹心稱足

月梅（紐西蘭）
珍愛和平
大地怒哮天／蘆溝橋上起峰煙／山河遭暴殄
屠刀砍生靈／伏屍血染石頭城／雪恥銘金陵
同仇抗東洋／妻送郎君兒別娘／捐軀戰沙場
緬懷奠英名／磬竹難書十四年／鑒史祈和平
閱兵軍旗擎／鐵騎雄鷹彰彪炳／強國保和平
裁軍處不驚／我不犯人不挑釁／改革捍和平

王建樹（中國）
就事說事複愛徒
該問親愛的／豆腐掉到灰堆裡／是棄還是取
捧你是獎盃／不捧捧地渣一堆／誰管你是誰
只緣圖自在／金魚蹦到魚缸外／哀哉起不來

陸玲妹（中國）
紫藤花
藤蔓垂柔枝／綠葉春情擁粉姿／薄簾蒙相思
櫻桃
圓圓小嘴紅／迷你巧果鮮氣濃／一個一口中
桑椹
桑果沉甸甸／有滋有味酸甜甜／快樂在天天
楊梅
聞名流口水／君在枝頭已帶酸／甜又卻為誰

路瞳（中國）
粽子
端午婆姨忙／家家戶戶彌粽香／屈原萬古芳
賽龍舟
鑼鼓一聲響／千篙萬槳賽鼓槌／爭先恐後上

陳學樑（中國）
乙未仲春營口會詩友
京城不戀客／擇日尋暇探營口／緣在古詩歌
詩客遠方來／為謀一面釋詩懷／心儀不費猜
雪後喜新晴／天藍風淨物華美／清純詩友情
太極湖邊靜／北調南腔一路歡／賞景一海灣
臨別欲流連／詩意全留詩句裡／寄託鷗鴰天

劉敏（中國）

虎

一吼天地動／雄風闊步百獸驚／靈狐借威風

羊

眾言性溫軟／千古論孝是典範／跪乳美名傳

鄉景

鄉間舞農活／閒談萬戶喜事多／日子紅似火

出遊

春來江水綠／楊花垂柳隨風語／旅途多情趣

寒梅

風雪飄奇芳／漫天銀裝獨開放／行人覓暗香

孟德潭（中國）

蒼梅鐵骨

蒼老也寬寬／新枝櫛比綻新梅／幾朝遭雪摧

鮮鮮朵朵梅／冰天雪地未徘徊／長由心作陪

仙果上架

仙果不同瓜／瓜熟肚開豆腐渣／無緣搬上架

葡萄不是瓜／太多媚眼少風雅／留它地下爬

唐玲芝（中國）

教師

青衫不計年／三尺講台啟慧弦／春絲化俊賢

醫生

懸壺濟世勞／妙手仁心功業昭／杏林百代驕

詠燕

煙雨鎖瑤琴／穿雲裁霧傲蒼旻／驕燕鬧陽春

春天

細雨意綿綿／春風萬里競爭妍／八桂駐新顏

菊花

弱骨舞秋霜／孤高玉露亦芬芳／淡妝堪比香

陳燕（中國）

飛往拉薩

飛穿雲霧裡／大漠孤煙收眼底／償願心歡喜

高原峽谷

浪拍懸崖飛／江流奔湧濤聲回／瀉瀑石漿垂

經幡

五彩影婆娑／人間禱告匯天河／亙古子民歌

藏民磕長頭

伏匐誠至真／拜膜神佛滌靈魂／不絕頌經聲

布達拉宮

巍屹美天宮／萬道佛光照域中／神聖魅無窮

黎俊國（中國）

春

東風暖萬家／湖邊桃李競芳華／春意滿天涯

夏

夏日好涼風／清香縷縷碧塘中／荷花映日紅

秋

遠山秋色濃／遙望林邊幾樹楓／夕陽相映紅

冬

臘月雪花飛／凌寒誰在報春回／瀟瀟一剪梅

清明

三月杜鵑啼／祭祖墳前不忍離／楊柳也依依

林善似（中國）

櫻花

滿樹繁花笑／細雨和風塵洗掉／顏容真俊俏

豔麗幽香好／相伴嫩芽從不傲／共展柔姿貌

燦爛枝頭俏／一朝凋零離懷抱／留枝毯果茂

暴雨狂風掃／驚見枝頭花驟少／綠葉安然到

木棉花

春風相約來／枝梢紅漫展奇才／英雄揚氣概

晨練

晨起朝霞麗／健身來到芳草地／露似珍珠滴

羅惠芳（中國）

春天

大地換新妝／燕舞鶯歌百卉香／華夏盡春光

夏日

滿目盡蔥蘢／映日荷花別樣紅／蟬噪綠蔭中

秋韻

桂月醉花香／五彩斑斕競豔芳／秋色勝春光

冬景

花木盡凋零／地閉天凝玉雪瑩／三友傲寒凌

鍾素冰（中國）

紫荊花

萬樹綻奇葩／粉白嬌容映彩霞／春至展風華

桂花

金秋八月花／庭園小苑展芳華／馨香眾口誇

詠柳

春風拂柳條／得意洋洋故扭腰／婀娜姿態嬌

中秋

明月耀晴空／嘗餅品茶興致濃／夜賞樂融融

查蜀君（中國）

詠春

燕剪千重霧／東風一過雨如酥／桃柳綻新綠

詠夏

相邀趕柳江／百里荷塘十裡香／蓮花爭綻忙

詠秋

菊桂引群蜂／秋霜浪漫染丹楓／別樣夕陽紅

詠雪

瑞雪飄山窪／千鄉萬樹若梨花／銀白美無暇

湯菊香（中國）

春天

細雨無聲晝／春光點醉滿園花／情暖萬千家

夏日

酷暑悄悄到／滿山紅荔迎風笑／知了喳喳叫

秋韻

雲淡伴驕陽／萬頃良田嵌金黃／豐收喜滿堂

冬景

呼呼西北風／銀裝素裹入隆冬／瑞雪兆年豐

楊佩雲（中國）

清明

父母住黃泉／祭拜焚香燒紙錢／熱淚灑墳前

盲從

好壞不分明／人雲即刻去風行／上當哪能贏

拆遷

喜拆棚戶區／春風擁我入新居／處處是歡愉

呂淑藩（中國）

春天

細雨潤花香／奇葩鬥豔展姿芳／大地耀春光

晨練

花壇美景前／翩翩起舞氣神閒／心曠壽延年

秋韻

向晚漫霞光／庭院深深菊蕊香／感月笑滄桑

冬景

三友抗嚴寒／春暉天使傲霜來／紅梅朵朵開

謝慶會（中國）
無題

清風冷透窗／一束素梅雪生香／雄雞晨報唱

照月情入畫／中秋夜靜聽池蛙／華光映清霞

筆力調三軍／詞源萬馬排練兵／情意藏詩中

聽琴弦外音／得失利益如浮雲／敞開我良心

陳守璽（中國）
邀吟

諸君臥樓台／釜水滾滾煮漢俳／盞滿將開齋
釋「孝」

土上一半老／身下有子弓著腰／撐起中國孝
歸家

大廈竣工了／蹬上和諧趕回家／推門一聲媽
人生如戲

降生一陣哭／身不由己來品苦／戲開正鑼鼓

王瑞祥（中國）
龍形太極拳

天龍出世驕／響尾驚天右蹬腳／駕霧騰雲霄

雄鷹展翅笑／游龍環宇星錘倒／橫斷山河橋

白鶴亮翅叫／金雞獨立探首瞧／懶龍舒伸腰

手揮琵琶嬌／海底尋針游龍矯／野馬分鬃跑

龍騰虎躍跳／玉女穿梭右單挑／流星追月皎

王凱信（中國）
無題

北水共南江／千舟競渡鼓鏗鏘／歡聲伴粽香

萬代仰騷文／一生求索頌詩魂／憂國最勵人

韓思義（中國）
抗戰勝利大閱兵

盛大閱兵場／正義之師齊亮相／鐵壁固金湯

兵強馬又壯／緬懷先烈志高昂／國恥未能忘

環球皆注目／勝利之師德不孤／當驚世界殊

裁軍為和平／堅定復興中國夢／白鴿喜騰空

歷史未能忘／前仇舊恨滿胸膛／血肉築銅牆

李君莉（中國）
情景

世態多炎涼／風景從來不勢利／平分到四季
女兒遠嫁

愛情無國界／遠隔千山和萬水／母愛心能越

中德路千尋／我願變成一朵雲／圍繞女兒身

孟憲明（中國）
詠呼倫湖

天鵝競展翼／錦鯉翻鱗邾擁擠／草原湖景奇
泛舟界河

茅台對伏加／蒙古長調喀秋莎／雙杯溢晚霞
呼倫貝爾草原吟

一碧至天涯／草浪滾滾亂百花／汗血絕影佳

任少歌（中國）
畫荷

湖水濃墨潑／小妹阿哥對畫荷／愛意秘不說
相親

小妹去相親／彩舟驚動小美禽／臉熱亂芳心

出嫁

對鏡細描紅／小妹不舍閨房情／嗩吶催門庭

熊衍璋（中國）

中秋隨想

西風吹雁還／長空比翼共嬋娟／大書人字篇

桂馨瓢宇寰／風雨兼程又一年／九州共夢圓

明月解相思／陰晴圓缺總相隨／多情最數伊

徐國民（中國）

家人爭玩電視機

搶佔QQ房／淘寶聊天偷菜忙／無意搓麻將

跳廣場舞

準時到廣場／隊形排好開音響／漫舞輕歌揚

鄉里打工仔

別墅好氣派／自駕奔馳跑買賣／新娘城裡來

屈杏偉（中國）

字癡

品茗覓字詩／相逢只覺曾相識／不見愈情癡

歸人

常疑白鵲心／年少情懷能不憶／翹立望歸人

人生難

莫講人生難／勒曲聽詞誰簡單／跋川與涉山

執與值

時間冷暖事／詩非詩者字猶字／人生執與值

風雅漢俳 2016 年第 1 期（總第 5 期）

主編：段樂三（中國）　林爽（紐西蘭）
副主編：黃明燦（中國）　林美君（巴西）　許朋遠（中國）　李君莉（中國）
編輯部主任：李德國（中國）
特邀編輯：楊鳳霞（中國）　任若綿（中國）

卷首語：《風雅漢俳》美學思考

王建樹（中國）

　　落筆逞豪邁，壯山河氣概；繡四季美圖，揚時代風采。破筆散鋒劈，崛奇不見怪；淡妝粉墨染，清麗婉約派。崢嶸十七字，言簡意猶賅；哲理深邃處，微言大義在。

　　抽象實事是，信筆墨拈來；林木依山石，雲霧伴煙靄。雨露凝霜雪，霈靄始霂霂；物態萬千種，形態即世態。山巒峰疊嶂，江河匯湖海。素材定題材，功夫詩之外。

　　立論與定論，前賢種植栽；避重複徒勞，不拾餘牙慧。明哲詩載道，正能量潛在。如實無新意，不再去別裁。通俗避庸俗，不寫低俗俳；高雅傳正道，發表慎自裁。

　　練筆何懼多，架構巧安排，後生實可畏，香自苦寒來。山路徑崎嶇，坎坷踏關隘。墨法精緻處，瀑泉流澎湃。水粉繪燦爛，芙蓉脫塵埃。感恩大自然，深情各自白。

　　詩俳正流變，山南海北派。峻峭險雄奇，飄逸揮灑愛。去蕪存菁萊，揮墨塗異彩。萬紫千紅花，綻放盛時代。聚散終有時，下期還復來。揮手自茲去，拜拜復拜拜。

段樂三（中國）

巫山遊

雲亂起巫風／一團輪友峽中游／神女在峰頭
灘捕蟹玲瓏／翠壁猢猻上下幽／人獸隔條溝

詩癮

時嘗上癮詩／酸酸味後美滋滋／年年天哪知

鳥瞰

飛天上九霄／水覽流長嶺覽嶠／心路盡逍遙

覓友

直鉤湖岸槐／釣你詩情不釣財／相幫寫漢俳

琢玉

俳礦出山居／打磨雕琢玉身軀／一顆夜明珠

林爽（紐西蘭）

禪滌心靈

風雨迎元旦／洗滌心靈沾佛光／新年首學禪
畫裡見真禪／普渡眾生忙中看／缺席誠遺憾
人生總惆悵／悲歡離合誰無憾／深思也平常

黃明燦（中國）

宜居

篁幽乳霧輕／泉湧林深百鳥鳴／木屋鹿為鄰

小河

百折不回頭／下游原來似上游／得道入海流

秋雁

資江春雨菲／難舍群雁天山飛／望秋早早回

風箏

只因有絆牽／方能借力上青天／感恩莫說冤

詠梅

生來不平常／鐵骨柔情邀群芳／冰心鬥凝霜

詠松

長在雲霧中／壁立嶺上臥虯龍／任爾八面風

詠竹

千枝攢萬葉／不效桃李爭春色／遠離蜂與蝶

滕林（巴西）

樂相聚

秋高氣爽趣／北美年會魯迅旅／文友樂相聚

典故悠

紹興典故悠／柯岩魯鎮結伴遊／史蹟萬年留

失約

山伯慕英台／幸踩桃核情花開／雙蝶尋夢來

朱實（組稿十人）（中國）

空中飄雪花／世界變得更純淨／人心更安寧

雪花翩翩舞／優哉遊哉落下來／白紗遍地鋪

雪花白茫茫／鋪天蓋地降人間／銀光在閃爍

遠山（中國）

暖冬

冬令不覺冷／專家預測是暖冬／防患敲警鐘

雪景

豪雪降北京／拍客蜂擁攝入鏡／白雪成奇景

冬筍

冬筍上櫃檯／攤主高喊特價賣／顧客笑口開

沈克非（中國）

松

百花漸消融／滿目銀雪遮千種／唯綠是青松

初雪

微醉秋時金／忽現銀城肅起敬／冰與美相迎

雪後

輕枝悄擺動／積雪飄落晚風中／足跡寫芳蹤

戈正平（中國）

三峽

三峽千里游／畝泊神女朝續發／霧罩萬重山

葛放（中國）

北風侵江南／厚褥裹軀欲避寒／窺景依牖欄

寒衣盼煦陽／弱背漸覺暖洋洋／負暄南窗旁

雨雪鎖弱叟／運交華蓋欲何求／吟詩在小樓

雪中小鳥

疏枝立小雀／彩衣豔麗欲飛越／傲然鬥寒雪

孫嘉勤（中國）

感懷

恐襄遭口誅／防範自律兩不誤／共繪和諧圖

潘寶康（中國）

今冬

乍暖還寒中／北國大地銀裝裹／華夏入早冬

讀沈克非冬韻

京友詠雪俳／觸景生情有感發／吾徒獨羨他

冬景

助動車萬千／劈風疾馳一溜煙／前面掛棉毯

106

世界漢俳首選

馮漢珍（中國）
冬雨
冬雨下不停／淅淅瀝瀝冷又陰／我心自有晴

錢希林（中國）
盼雪
早過立冬節／絲綿皮襖等著急／何時見飛雪
夢雪
夢稚玩白雪／手足臉紅如繃血／蓋被離關節

王曉華（中國）
紐西蘭觀螢火蟲
夜黑悄無影／一閃一亮滿目星／恍惚入仙境

陸玲妹（中國）
野鴨水中游／萬葉千聲地上悠／寒冬香語留
藍天白雲飄／青青麥苗冬日笑／放眼爭熱鬧
枝上小果俏／等來風雪蕩妖嬈／偏愛路邊傲

李君莉（組稿五人）（中國）
騎象
神奇母子象／大象鼻牽小象從／嬉戲玩花樣
柏林牆
壘石東西隔／血雨淒淒傷裂痕／如今史跡新
王侯列陣圖
磚石著丹青／二戰風煙奇跡生／百年色彩明

林岫（中國）
京口夜登樓
寒空月彩橫／江闊似舟天地盈／心欲棹雲行

大理白山茶
春雨細如絲／團玉凝芳出一枝／好是未開時

高勇（中國）
官釣
眾官垂釣絲／只釣權錢不釣詩／各自顯神奇

陳天培（中國）
日月潭印象
清清淡水湖／自然景觀天下殊／一潭錦繡圖

沈延生（中國）
乳泉白龜
清水出池中／白龜千載有靈蹤／遊興更加濃
粉筆
立身三寸高／潔白無瑕志俊豪／不畏育才勞
日月潭印象
清清淡水湖／自然景觀天下殊／一潭錦繡圖

李德國（中國）
露
夜暗我登場／無聲潤物不張揚／捨命育群芳
猴年賀詩友
難忘牧羊鞭／追潮坎坷進猴年／艱辛爭夢圓
儔侶結詩緣／陶冶情操得寬顏／賀帖敬群仙
聲聲歡
何懼已身殘／曾開破損頂風船／拼搏得寬顏
無奈愛妻癱／前世恩情死活纏／舉足步維艱
情責一線牽／含淚請辭怕誤耕／憐惜百花園
怕虧眾高賢／奮蹄詩海自揚鞭／潑怨湧甘泉

楊鳳霞（中國）
思鄉
佳節倍思鄉／熱炕饃饃餃子香／魂縈夢亦長
春
雲低紫燕翔／瀟瀟細雨柳絲長／輕霧鎖寒江
夏
柳外響輕雷／雨簾懸掛樹低垂／匆匆倦鳥歸
秋
金鳳拂壯鄉／橙黃橘綠稻菽香／山鄉披盛裝
冬
日短北風寒／嚴霜折草百花殘／薄霧籠千山
馬
奮蹄沙場行／一往直前心赤誠／將軍托死生
大雁
天藍水碧澄／結對橫空大雁行／年年去遠征
喜鵲
雪嶺紅梅綻／翩翩雙鵲穿花轉／喜語將春喚
賞月
月上柳梢頭／秀水明山映眼眸／邀朋共唱酬
皎潔月光柔／清風雅樂伴扁舟／玉鏡水中游

2016 年元旦唱酬
唱：段樂三（中國）
新年老作坊／漢俳香店聘專長／邀您又開張
詩家一起忙／蒸糕烙餅做麻糖／天下賣俳香
酬：許朋遠（中國）
段記老作坊／邀我加盟用專長／聘書紙一張
俳人日夜忙／佳句頻出如喜糖／四海聞俳香
酬：月梅（紐西蘭）
俳坊老字號／段老經營造詣高／香飄任翔翱
開張謝君邀／無能僅為店小二／微力以效勞

酬：石倉秀樹（日本）
詩人出酒坊／漢俳堪詠醉吟長／鳴鳳翼開張
新春求句忙／漢俳詩味勝飴糖／鮮甜如酒香

韓思義（中國）
謝俳刊諸吟長賀丙申新春
欣喜賞玫瑰／情暖花開亮眼眉／陋室放光輝
諸君情意厚／俳友舉鞭萬馬奔／揮筆震乾坤
冬去又回春／建設康莊為減貧／中樞有決心
丙申響春雷／神州反腐傳佳訊／蠅虎懼鍾馗
幸福漢俳人／歡樂健康肢體勤／唱古又歌今

王克難（美國）
遙賞
萬里遙供賞／朵朵嬌艷散芬芳／荷蘭鬱金香

智樂（紐西蘭）
屈原
龍舟競渡吟／屈子精神英氣敬／舉國悼忠魂
岳飛
英雄叫岳飛／忠肝義膽豪情斐／先賢愛國威
文天祥
宋代傑天祥／名詩氣壯斷人腸／丹心美讚揚
關羽
蜀國英關羽／字叫雲長稱虎將／雄姿留美譽

林寶玉（紐西蘭）
回首
去歲詩園雪／春風難掩丁香結／日暮夕陽斜
瞻望
揮別羊腸穴／攜手漢俳新策略／共鑄青史頁

新氣象

猴年新氣象／詩緒昂揚齊迸放／佳作更綿長

陳興（日本）

春往長野

春來雪國行／過處萬山皆水墨／漸遠是東京

山脈臥龍姿／積雪雲端猶未化／龍地駐留時

八方滑雪地初試

滑雪客紛紛／金髮小兒輕巧過／曲線兩條紋

夜步雪牆邊／路燈稀少繁星辨／笑語出林間

長野白馬村與諸君堆雪人

深林雪未止／春風吹到可相逢／春天的信使

屈杏偉（中國）

新年

酒家玉露甜／紙闕紅鉤春意燃／轉眼又新年

任若綿（中國）

遊沙洲

邀友遊沙洲／遍覓奇石樂心頭／一笑一杯酒

山間行

雲開麗日紅／山黛水碧霞蔚濃／幽林鳥語宏

烏江行

山青水碧秀／瀑飛崖崎古渡幽／白浪送遠舟

田園行

嵐靄層巒間／牛羊歡喜戲溪邊／農夫歌田園

劉太平（中國）

塘頭桃花山素描

桃花巧妝畫／輕繪黛眉重抹頰／柳絲披秀髮

萬樹綴蜜桃／俏姑押運出山坳／荷蕩鵝鴨笑

龍底江春韻二首

垂柳浣阿哥／妹坐船舷弄清波／饞魚腳底啄

碧波倩影蕩／哥搖小櫓妹撒網／魚騰春風漾

任達瑜（中國）

春

田蛙叫呱呱／邀上陽雀與山花／送綠到農家

小雨

聲輕潤如酥／草長鶯飛莫躊躇／彩繪春景圖

泉

叮咚下山岡／載歌載舞惠農忙／村民甜心房

開山溝

匯聚千山水／澤田潤土莊稼媚／農民心裡醉

田園風光

綠柳戲春風／蝶飛蜂舞採花叢／村姑桃臉紅

農忙

孟夏小麥黃／犁田耙地又育秧／薰風醉小康

郭應江（中國）

和任達瑜先生詩《小雨》

細雨柔黃酥／煙花三月莫躊躇／無聲潤物圖

中和山

煙雨擁樓欄／翠靄人家一色天／沐浴佛光前

古鎮鳳凰

古鎮長城長／綠瓦青磚畫棟梁／燈火映沱江

鄭能（中國）

思南石林

撥地起千峰／百態千姿自然成／興思展雄風

思林大橋

懸崖峽谷間／彩虹橫臥塹相連／天塹一線牽

文友聚會

綠茶和小菜／飲酒論詩樂開懷／清風明月乖

看賭酒

上陣設堡壘／端杯鏖戰搞人醉／醉死害著誰

張革生（中國）

思南八景

一、雁塔標霞

傲聳入雲霄／晨光冉冉彩霞妖／鼎峙佑風調

二、聖嶺春耕

催春陽雀歡／綠罩青山曉月殘／犁農早揚鞭

三、中和夏綠

古剎綠蔭摟／遙思同野論金甌／風範傳千秋

四、德江晚渡

夕陽墜嶺西／紅染半江山影依／輕舟橫長堤

五、三台積雪

瑞雪落三台／絕頂晶瑩風不開／銀裝迎客來

六、鷺洲泛月

月上鷺洲頭／銀波碧水繞洲流／把酒話情愁

七、五老撐雲

舉目仰高峰／巍峨挺立把雲撐／五老佑山城

八、仁壽秋高

仁壽日秋高／閒觀落葉舞妖嬈／煩惱隨風飄

賈麗雲（中國）

春意

春寒雖料峭／桃紅柳綠梅含笑／枝頭春意鬧

踏青

鄉村景迷人／茶園碧波一層層／養眼又怡神

蟬

莫怨蟬兒噪／四年苦工暗中熬／才得一月鬧

遷鳥

秋深天漸涼／雁兒結伴遷遠方／春暖再還鄉

暖秋

豔陽當空照／葉綠花香人含笑／秋日勝春朝

盼過年

鄰家曬衣杆／臘肉乾魚一串串／誘惑路人饞

冬日暖陽

週末不賴床／手捧圖書享暖陽／愜意滿心房

幸福家園

小區池塘邊／孩童嬉戲老人閒／和諧美家園

周新玉（中國）

春天

好雨知時節／春風送暖百花妍／農哥喜耕田

夏日

夏日蟬兒叫／入夜群蛙田野鬧／螢蟲光閃耀

秋韻

秋來喜事多／地壟田頭唱富歌／豐收裝滿車

冬景

雪域靚高原／寒梅耀彩屹紅岩／玉樹掛冰簾

詠燕子

紫燕送吉祥／和風細雨築巢忙／福喜兆華堂

詠布穀鳥

夏季日紅天／布穀歌聲繞嶺邊／收割快開鐮

詠抗戰勝利七十周年

八年抗日中／無數英雄浴血沖／戰地立勳功

詠紫荊花

三春雨露甜／龍城盡是紫荊妍／馥鬱滿芳園

羅正平（中國）

冬天
喜鵲叫嘰喳／敢傲寒霜站樹杈／歡樂送千家

喜鵲
喜鵲叫聲長／唱調傳來福滿堂／新曲祝安詳

燕子
老屋換新裝／歸來紫燕唱歡腔／瀟灑落簷梁

春天
呢喃晝夜長／輕盈身子舞飛揚／勞燕鬧春場

桂花
八月桂花開／窗前馥鬱悅心懷／香氣躍高台

秋韻
八月桂花開／一樹芳香引客來／幽景遣情懷

雪
又到雪寒侵／銀灘白色景奇新／仙境醉遊人

冬景
冰霜凜凜來／江山裝點白皚皚／冬景入情懷

唐宜福（中國）

秋韻
霜葉菊花黃／雲淡天高雁成行／思鄉斷人腸
秋風叩寒窗／慈母燈下織絨裝／遊子暖心房

詠秋雁
大雁向南飛／晨同展翅晚同歸／和諧互依偎
領頭秋雁叫／南方處處更新貌／舊樓真難找

何玉芳（中國）

思親
冷霜透櫳窗／夢裡思君枕濕涼／人欲苦斷腸

殘香
荷枯蛙聲盡／消香殘菊垂窗櫺／清鏡覽霜鬢

風雪
北風透骨利／新雪折竹聲聲疾／飛鳥絕蹤跡

斷枝
落葉隨風疾／積雪重來鴉鵲稀／枯枝壓滿地

陳海亮（中國）

都市美
龍城景色幽／九曲江灣向東流／奔騰永不休

父親
九七身尚健／旭日東昇忙鍛鍊／公園叟影現

春天
塘邊花正紅／春燕呢喃忙捉蟲／好景兆年豐

夏日
髫齡剛回泳／赤身嬉鬧跳水中／敢傲日當空

甘漢全（中國）

早春
喜聞驚雷叫／神州處處歡聲笑／共祝春來早

詠燕子
春風拂楊柳／簷下歸燕啼聲脆／農夫備耕忙

詠秋雁
秋至果飄香／長空雁叫向南方／遠征回故鄉

中秋
楓丹秋菊黃／神州浩蕩銀滿光／舉杯求富康

龍秀華（中國）

春天
春歸燕呢喃／萬物復甦新氣象／農夫耕種忙

詠燕子
春回大地暖／紫燕梁上築巢忙／精心育兒郎

夏日

高天掛豔陽／花紅葉綠滿池塘／知了放聲唱

詠布穀鳥

夏日雲淡淡／杜鵑啼血聲聲喚／雙搶一身汗

蘇雪琴（中國）

學詩詞

平生業從醫／已逾古稀學詩詞／晚年要充實
暮年喜吟詩／愉悅身心增知識／預防老呆癡

端午節

端午祭屈原／愛國詩篇萬代傳／奮發勇爭先
端午敬屈原／龍舟競賽萬人觀／江河鑼鼓喧

春天

桃李陌上開／房梁巢舊候燕歸／蜂蝶花叢飛
風和催草翠／桃紅柳綠映春暉／飛燕銜泥回

冬景

寒風凜冽過／雨雪紛飛黃葉落／空枝歎寂寞

詠秋雁

深秋紅葉暉／金鳳送爽雁南飛／和諧列隊回

高九如（中國）

拜孔廟

拜謁文廟堂／大成寶殿祭祀忙／祈福保安康

遊孔府

朝聖觀孔府／傳承薪火拜先祖／功德若參樹

賞孔林

聖林埋忠骨／攜子抱孫豐碑豎／千座碑林古

春風

過嶺山綠裝／拂柳潤田百花香／燕舞築巢忙

夏風

舞浪千頃茵／萬朵彩霞過無痕／碧水荷搖頻

秋風

金浪遍山鄉／露浸風寒落葉黃／鐮舞凱歌揚

冬風

雪打居民窗／銀裝素裹疾風狂／晨練何懼涼

趙麗香（中國）

林海

退耕還林好／泡桐葉厚滿樹梢／野兔林間跑

播種機

機械隆隆響／青紗帳裡它最強／播種跑得狂

果園

昔日黃沙灘／如今杏桃壓枝彎／農夫喜眉間

自駕遊

家用小轎車／日行千里覽山河／一路舞歡歌

公寓樓

住進公寓樓／老有所養不用愁／歡樂度春秋

廣場舞

鑼鼓震天響／文化廣場笑聲朗／歌舞盡蕩漾

馬振華（中國）

梅

嬌豔不爭春／縷縷香魂蝕遠人／與雪鬥精神

蘭

纖柔劍氣生／盛開空穀舞輕盈／幽香迷客情

竹

直面向長天／守節虛懷君子冠／清風兩袖牽

菊

西風愁百花／唯君麗影舞千家／晚秋倚暮霞

曹鳳仙（中國）

感言

處處鳴鞭炮／除夕元宵好熱鬧／唯詩情高妙

故里總縈懷／鶴髮嫗翁弄童孩／鳶放雲天外

熊衍璋（中國）

戲詠金猴

沉迷花果山／不思進取被人圈／此生有點冤

可歎落風塵／漢俳怎解志凌雲／市井乞銅緡

天庭也費心／糊弄烏紗戲老孫／曾經弼馬溫

盛世重精英／緊箍咒去一身輕／長揖謝真情

今逢本命年／分享壽桃勁兒添／揮棒寫新篇

韓井鳳（中國）

霜降

風吹滿山紅／壟上機歌唱不停／新政富民生

露綴菊花黃／大野風搖溢冷香／彩葉舞斜陽

初冬的陽光

蕭風嘯蒼穹／頻送慈言絮不停／加衣過寒冬

雲深樹蒼蒼／白絮翩飄冷寒窗／雪霽亮心房

戲詠金猴

活潑無所求／任憑機智引笑眸／襤衫不言羞

膽壯敢稱王／天宮閣府走家常／行善不思量

靈巧數風流／坦蕩胸襟有智謀／棒下解百憂

生來秉性靈／祛邪扶正有神通／火眼看清明

易木貴（中國）

辭舊迎新

銀羊獻銀毫／暢書築夢慶功勞／凱歌陣陣高

金猴舞金棒／全面小康鬥志昂／巨輪正啟航

陳守璽（中國）

雪殤

地上尺把深／舉首天空飄紛紛／那廂誰相鄰

秋殤

枯葉伴水流／晃晃搖搖一扁舟／寄去心上秋

等月

抬頭一籠統／新月哪比舊月明／望斷伊人影

牽手

紅塵偶邂逅／漢俳字字黃昏後／隔空相守侯

曹陽旭（中國）

七夕

神話與玫瑰／牽出情人鵲橋會／真假一對對

七月七日七／玫瑰馥鬱誰心裡／花香無一縷

真情告白語／相約不易等時機／七夕說心裡

生日

年復一年過／夢裡依舊少年樂／何時都是客

種字

種字不打糧／舊筆疾書日夜忙／精神來典當

筆端藏夢想／日漸蔥籠長成行／蔭下話家常

夜靜人不靜／垂簾起伏隨風動／筆下月蓉蓉

風雅漢俳 2016 年第 2 期（總第 6 期）

主編：段樂三（中國）　林爽（紐西蘭）

副主編：黃明燦（中國）　林美君（巴西）　許朋遠（中國）　李君莉（中國）

編輯部主任：李德國（中國）

特邀編輯：楊鳳霞（中國）　任若綿（中國）

卷首語：日暖遍和風

竹林（中國）

　　漢俳這種體型的詩，因為年輕，年輕得像牙牙學語的小孩，水靈靈活潑可愛。稱它為漢語中的俳詩，其「俳」的含義，表達方式不宜硬梆梆，也不宜文謅謅，硬梆梆文謅謅的語言不是好詩，更不像漢俳這小精靈要求鮮活。漢俳不宜像傳統詩詞過多道貌岸然，適宜俗中含趣，趣中生雅，如山如水，自然可愛。

　　漢俳三句稱一首，小巧玲瓏，方便寫詩的人即刻抒發心中靈感。寫得活潑可愛的漢俳，讀時像吃水蜜桃，香噴噴甜津津。我們欣賞別人漢俳佳作時，還要想到自己也寫出好作品給別人去欣賞去品嘗。

　　朋友，如果你是鍾情漢俳的寫作者，又有勤於寫作、不恥下問、與人為善的品德，就一定能在《風雅漢俳》刊物中，嘗到許多可口的漢俳作品。

　　　雲霞沐輕風／瓊瑤玉嶺佈天空／情趣染詩中

　　　心蜜小玲瓏／俳鮮一首似桃紅／饞嘴可生津

　　　詩人會詩人／癡情俳苑有知音／日暖遍和風

段樂三（中國）

虹思

流水活生生／人似雨停一道虹／映在有無中

戲作

相思何久長／你看太陽追月亮／夜夜捉迷藏

邀你寫漢俳

相邀寫漢俳／他花開罷你花開／有緣君就來

林爽（紐西蘭）

海邊感悟

雲淡南風爽／閒伴夕陽逛海灣／默默數歸帆

人生如大海／深不可測多感慨／苦辣酸甜載

晚年三重要／老本老伴加老友／樂度夕陽橋

凡事莫癡迷／美麗背後藏殺機／得失寸心記

紅塵多無奈／煩惱邪惡處處在／心扉拒打開

世外有桃源／但羨鴛鴦不羨仙／灑愛盈人間

以往成歷史／感戴上蒼賜今朝／願珍惜眼前

昔日黃鶴去／惋惜緬懷歎空虛／只盼來生聚

黃明燦（中國）

雨中即景

雲繞千峰旋／雨打江水層層煙／瑤池落人間

雨後即景

山搖碧浪中／清新兩岸架彩虹／竹伐立漁翁

鳳尾竹

江岸鳳竹美／翡翠屏風嵌綠水／風蕩山歌回

黃布倒影

江波忽見平／青髻螺黛水中生／黃布襯倒影

袁牧詩句精／輕舟破鏡入畫屏／船在山頂行

牧牛圖

悠悠水牯牛／小丫一線牽鼻走／你悠我也悠

滕林（巴西）

酬美意

靈猴翻天地／七十二變處事易／獻桃酬美意

賀新禧

意識鮮氣息／歡樂時光聯心誼／俳詩賀新禧

手機

手機功能優／五花八門世界遊／微信結俳友

許朋遠（中國）

寶島六記

一、桃園機場

翹首艙門開／桃園春色非世外／款款遠客來

二、臺北故宮

瑰寶藏故宮／最喜清明上河圖／指點車船動

三、中台禪寺

橫空巨寺出／四大天王擎天柱／朗朗誦經書

四、日月潭

千古頌傳奇／湖光山色映日月／人在夢幻裡

五、阿里山

巍巍阿里山／地久天長橋相連／登高只等閒

六、野柳

野曠不見柳／孤獨遙望女王頭／誰解千古愁

李君莉（中國）

歌德博物館

文豪跨兩世／筆下思潮喚日新／窗前總是春

維也納美泉宮

花海映雲天／帝王宮殿白金基／風景化詩篇

勃蘭登堡門

女神駕萬靈／宙合東西落菩提／歐陸展雄鷹

李德國（中國）

橘子洲頭毛澤東主席塑像

昔曾立洲頭／糞土當年萬戶侯／問誰主沉浮

今塑昂洲頭／繼承遺志演春秋／逐夢展鴻猷

橘子洲茶花景觀

春色染洲頭／山青水秀百花稠／處處惹人眸

搶景把影留／忘卻饑腸飽眼球／流連興未收

楊鳳霞（中國）

詠桃花

春暖枝頭綻／蕊嫩清香紅爛漫／雙燕繞花轉

桃花帶雨濃／日暮落英遍地紅／溪流逐水匆

詠柳

春風染綠枝／婀娜起舞萬條絲／歲歲展新姿

任若綿（中國）

謁毛澤東故居

山翠碧荷榮／青瓦修竹不朽松／鴻鵠展程鵬

母親

縫補漿洗勤／敬夫愛子侍雙親／賢德譽鄉鄰

春節

河山起斑斕／鞭炮時時頌堯天／神州處處鮮

王建樹（中國）

收訖新文集志感

經緯兮雅頌／賦比興兮我所用／賞兮與友共
謹慎兮交友／志道同合兮握手／天長兮日久
瀟灑兮一回／有所為兮有不為／文心兮善美
筆錄兮生平／成長兮閱歷分明／淨化兮心靈

智樂（紐西蘭）

李白

詩仙名李白／取字青蓮居士者／浪漫豪情作

杜甫

詩聖杜甫名／作品情真心愛國／千秋萬代傾

王克難（美國）

詩癮（二首）

詩詞何其美／今生有幸常相隨／欲罷豈能停
詩詞本天成／順手舀來養精神／日日新課程

林寶玉（紐西蘭）

白雲詩韻長

醉臥卿池畔／流觴不解人笑慼／只為揚詩帆
客居白雲鄉／煙波浩渺詩韻長／枕藉齊頌揚

郭錫濤（法國）

賦滿洲里詩詞

裡間蹈紫煙／微風春筍潤滿豐／祥雲化和風

頌世華作家交流協會

欣喜多多來／世華作家人旺旺／寫文賦詩忙

評阿爽命題《手機》

常態日日新／手機在手兩相牽／爽心密密圈

盼世華作家 2017 年相聚巴黎

相見樂融融／世華作家聚品優／愛琴海上游

石倉秀樹（日本）

藏頭詩──安家樂業

安分知足好／聳肩瞻仰碧天高／吟對青山笑
家長裡短煩／感謝賢妻勸金盞／愚老辱紅顏
樂山愛水詩／鸚鵡籠中厭時世／夢裡弄華辭
業業矜矜待／詩翁午夢繆斯來／勸揮才筆快

任少歌（中國）

賀中國人民解放軍火箭軍成立

後羿有傳人／看我神州火箭軍／雄風振乾坤

韓思義（中國）

醉唱

俳友聚華堂／最是情癡茶當酒／高歌唱夕陽
吹牛要上稅／沽名釣譽下場悲／切莫亂作為
上網能開竅／只有自已不知道／沒有找不到
人被浮名累／群怨興觀都學會／可別拾牙慧

賈麗雲（中國）

高考隨感

考前
一夜難成眠／苦讀寒窗十幾年／成敗這兩天
考場
紙筆沙沙響／埋頭揮汗答題忙／拼搏大賽場

陪考

翹首勤張望／默無言語心緊張／盼兒出考場

考後

感覺特別爽／千斤重擔今日放／成敗不再想

李宴民（中國）

踏春

久雨現新晴／絢麗春光耀眼明／筆底湧詩情

山川景物新／鶯飛草長正逢春／風搖柳綻金

金猴送吉羊／山鄉日暖沐春光／溪河水溢香

大道坦無垠／行色匆匆車馬奔／皆為追夢人

相逢開口笑／人生莫要輕言老／夕陽無限好

鄭海泉（中國）

花

又見綻桃花／園中滿是芬芳溢／碩果孕枝頭

草

風催競吐芽／蓬蓬勃勃綠天涯／生機燦彩霞

柳

垂柳拂清流／鵝黃幾點點綴枝頭／欲綠卻含羞

風

何處解春情／柔風但見枝梢過／挽起柳絲輕

曹陽旭（中國）

春夢

崎嶇路不平／來年春草還返青／相約看風景

雪花

天地當做家／粉砌玉琢裝飾它／羞于陽光誇

換崗

平地執業久／忽傳消息上高樓／雀躍登枝頭

松林灣（中國）

丙申到故里

丙申到故里／思念情誼更難止／清歌吟鄉梓

朝暾煌煌日／照徹沃野千萬里／親人盼望你

孟憲明（中國）

春雨

珠凝杏臉賞／桃腮淚滴崔護惱／盈懷情愫宕

山家

竹隨彩雲動／月共水流映碧峰／枕夢伴啼鶯

塵事

陶令辭官吟／太公釣渭議古今／月下思獨斟

韓井鳳（中國）

詠桃花

雨後蕊吐新／深情無限送凡塵／染盡世間春

風暖燦若霞／鶯吟麗色傍芳華／莫負故園花

東風花雨飛／明媚清香草色肥／輕舟不思歸

陳雪均（中國）

紅葉

紅葉轉風行／惹得相思未了情／後山鷗鴣鳴

竹海

欣欣碧浪雲／蘭天聳翠淨心空／尋詩曲徑通

高勇（六人組）（中國）

醉官掉糞坑

茅坑把人漏／一失足成千古臭／醉官死也逗

張淑琴（中國）

教師

常站三尺台／答疑解惑育英才／受人尊和愛

沈延生（中國）

觀海

滄海納千流／激浪湧濤從不休／載舟亦覆舟

林岫（中國）

與錢塘詩友游西湖

曲欄看疏紅／西湖難寫是春容／清勝最無窮

陳天培（中國）

阿里山印象

九曲十八彎／大巴蜿蜒上雲端／景色不盡看

孫業餘（中國）

迎春曲

百鳥報佳音／小院梅開草木驚／夢醒喜迎春

陳國才（中國）

甲秀山遠眺

漫遊甲秀山／風爽心寬全景觀／錦繡入眼簾

田誠（中國）

園丁

奉獻幾十春／寒來暑往澆灌勤／桃李滿乾坤

科技惠農

科技惠三農／兩段育秧春意濃／綠株舞笑容

李益民（中國）

電話惠農

惠農真務實／長話市話客盈室／五洲笑咫尺

教師

三尺講台上／嘔心瀝血育棟樑／絲盡鬢髮蒼

邱芳（中國）

郵政

傳遞書信報／紐帶相連民眾笑／何懼雨雪飄

李飛燕（中國）

軍訓

身著迷彩裝／精神抖擻英姿爽／荷槍氣宇昂

教官一聲令／左轉右轉一道牆／龍虎步鏗鏘

口號似洪鐘／龍爭虎鬥往前沖／高科培英雄

李功炎（中國）

頌幼兒園

送孫入園早／百花園中春意鬧／園丁勤灌澆

掃墓

清明悼英靈／不知烈士姓和名／祭酒寄哀情

李達才（中國）

無題

釀酒不冒煙／冷水化合勾酒精／世事誰可見

賣酒不賣糟／連鎖廠家造飼料／天機誰知道

王春燕（中國）

梵淨山

巍峨梵淨山／重巒疊翠金頂險／越險越勇攀

秦鳳凰（中國）

人生

風浪搏人生／成敗榮辱自平衡／莫翻五味瓶

時光

步履瀟灑走／青梅竹馬瞬白頭／年華似水流

寬容

大海納百川／和諧進取到彼岸／禮讓天地寬

稅令華（中國）

長壩石林有感

仙山何處尋／畫卷詩聯意蘊深／騷客留夢魂

雄山路旋空／詩朋吟友聚石林／人居美景中

贊田夫先生助學會出書

田夫創奇葩／開辦企業成效佳／資助助老家

瞿麥（中國）

春風

春風輕拂柳／展張草色長河畔／鶯歌樂其旁

春雨

淡淡三月三／斜風細雨柳色新／浦江綠瑩瑩

桃花

眺望桃花村／紅花綠樹影搖曳／清曉聞鳥聲

葛放（中國）

南匯遊記

春鬧青綠間／辭紅獻黃舞翩翩／萬物求新篇

桃花欲斂英／菜花依然笑盈盈／慰藉旅人心

桃花離野村／集拘藝苑列森森／意在圈遊人

池邊一杆斜／凝眸漂標靜如仙／偷得半日閒

魚樂不見形／深潛池底樂於陰／惟有漣漪瀲

食樸在農家／紅燴河鮮五穀雜／客喜康健芽

潘寶康（中國）

眺望上海中心

遠眺第一樓／霓光勾廓嵌夜空／盡顯高大上

城市即景

氤氳夜上海／樓前花園跳操姐／煞是風景線

健身熱

全民重健生／邁開雙腿管住嘴／遛彎秋陽下

地鐵

方正筆直亮／任磨負重難估量／不斷往遠長

王曉華（中國）

琉森

石獅臥古鎮／湖光山色花繞城／天鵝戲遊人

鐵力士山

夏游鐵力士／冰川白雪令人奇／一日過三季

梵蒂岡

聖殿映白雲／天人合一話永恆／震撼慕名人

巴黎

浪漫夏日裡／穿梭藝海浮華麗／終見夢巴黎

維也納金色大廳

樸實一棟房／天籟之聲繞大堂／舉世再無雙

馮漢珍（中國）

岳陽樓

小小岳陽樓／雄文一篇傳千古／喜樂與悲憂

大觀樓

有樓名大觀／天下第一是長聯／思緒萬萬千

嶽麓書院

嶽麓有書院／唯楚有才于斯盛／須臾越千年

橘子洲焰火

焰火出瀏陽／四方賓客聚江閣／齊把星空望

遠山（中國）

登天遊峰

獨立群峰間／一覽九溪雲中現／俯仰若入仙

九曲漂流

溪曲三三水／篙聲翠色留人醉／輕舟猶可追

一線天

巨岩洞相連／天光一線石徑暗／攀頂見青天

大紅袍

滴翠映碧天／嵯峨崖上葉片片／香茗越千年

印象大紅袍

震撼大手筆／真山真水演傳奇／幕後有玄機

紫陽書院

武夷山精舍／當年朱翁講學處／瞻仰憶先哲

武夷宮

古殿換新裝／道觀驚現柳永像／變身名人堂

伏羲洞

聞說夫妻洞／雙雙留影興沖沖／原本伏羲洞

陸玲妹（中國）

籠鳥

鳥在籠中泣／何日還我羽裳衣／回歸新天地

愛鳥不籠鳥／藍天綠林任你挑／祥和兩相好

愛君棄籠金／任爾振羽遊天心／相看天地春

花開陽光照／折斷金絲為你笑／和聲響雲霄

豔陽萬花芳／莫為獨享誤韶光／和鳴悅八荒

高野根（中國）

園景

雪後窗前站／銀樹銀花落銀灘／雀兒覓食難

臘梅花

園中一枝梅／風霜雨雪花自開／寂寞待春來

賞櫻花

賞花何處尋／顧村公園花正馨／滿園少年林

油菜花

時光二十載／黃花年年園中開／留住鄉情在

聖誕花

豔豔聖誕花／紅紅火火葉如霞／喜氣滿全家

黃太茂（中國）

小羊

養育記心靈／羊兒跪乳意真誠／酬恩一片情

烏鴉

美德古今聞／深知反哺報親恩／不孝不如禽

啄木鳥

古樹細勤查／嘴尖剖腹把蟲拿／治病好專家

白鷺

翩翩水上飛／江湖十裡影蹤微／山色共斜暉

鷺鷥

不去羨鷗鵝／捉鱉深翻鱷水渦／晴霞唱晚歌

黎俊國（中國）

桃花

大地拂春風／人面桃花相映紅／把酒共從容

蘭花

亭亭素淡妝／清標雅致壓群芳／深谷自幽香

梅花

臘月雪花飛／凌寒誰在報春回／瀟瀟一剪梅

呂淑藩（中國）

微信詩緣

微信聚一堂／娛詩品韻潤芬芳／吟霞頌月香

擺渡人

清風拂古樓／舟送遊人翁婿留／悠悠歲月稠

詠畫

玲瓏一幅香／丹花綠雀鳥飛揚／圖騰七彩芳

晨韻

粼粼映樓長／曲岸孩童習武忙／情溶美畫廊

楊佩雲（中國）

春雷

驚雷春震響／翠竹聞聲吐嫩芽／喚醒一塘蛙

春風

春風暖萬家／徐徐吹紅朵朵花／細柳曳飄斜

春雨

春至霧濛濛／綿綿細雨網山中／淅瀝染桃紅

春遊

新春喜踏青／嫩黃小草露滴盈／花紅鳥不驚

陳燕（中國）

靈猴

靈猴駕吉祥／送福乾坤新歲昌／家國泰安康

丙申春韻

丙申春韻臻／紫燕銜香穿柳行／氣和萬物欣

鍾素冰（中國）

吟春

放眼眺神州／祥和瑞氣兆豐收／春意醉心頭

春韻

二月日融融／神州大地流春韻／氣象更恢宏

春意

歲月交新舊／春蘇大地凱歌奏／前程多錦繡

詠十三五規劃

規劃巧安排／同奔國夢喜心懷／三姐擺歌台

開局定航向

開局定航向／經理同步和諧創／億民奔小康

易木貴（中國）

悼念屈原

汨羅隱悲涼／屈原美德慰炎黃／懷石鑒肝腸
龍舟彩旗揚／玄淵浪湧粽飄香／擊鼓化哀喪

屈杏偉（中國）

黃河春

金鍍玉穹窿／薄紗遮面掩春容／好個黃河東
千闋農家鼓／嫗叟扶犁飛汗舞／風來播樂土
高原如畫裁／奇將彩墨化冰皚／牛馬踏歌來
撩簾絮語聲／十裡白楊沐春風／移身入夢中
轍東入大魯／滂沱旎旎中華路／九曲千尋瀑

少庭（五人組）（中國）

紅瘦怨東風／楊柳紛飛草泛青／何處惹傷情
隨性自天涯／喚起鳥鳴舞杏花／百媚不足誇

王強

四季蕩無形／冷暖狂柔各有請／花落又花紅
伴雨扣春局／助雁回歸醒物萌／幻化一江冰
散熱顯神通／陣陣柔情比扇濃／滿壟麥娃盈
爽氣蕩秋顏／剪落黃枝碩果圓／送鳥翯南天

胡澤存

能成鳳化龍／如煙似夢幾時同／春花比血濃

王澤香

柳絮蕩凌空／搖碎花兒葬送情／斷夢在春城

董永強

戲柳吻桃紅／伴燕逍遙上九重／討雨惠三農

解凍小河清／喚醒青蛙瞪眼睛／領隊野鴨兵

隨波蕩木筏／輕撩翠柳吐新芽／陪讀上課娃

撥開杏眼睜／邀來說客採花蜂／催牛奮力耕

打滾草如氈／唱曲清凌濺水灣／碧綠染雄關

游方點將台／龍灣訪古百年槐／吟哦仿魯宅

冬青樹（中國）

春風

剪柳吻桃紅／拽著風箏眨眼睛／溪水起歌聲

夏風

扯幕喊雷公／刮亮天空晃彩虹／湖畔響蛙聲

秋風

彩葉舞蒼穹／霜沁葡萄穀穗躬／田野聞和聲

冬風

狂野畫窗櫺／輕抹柔枝扮霧凇／梅舞半空紅

王欣（中國）

春風

一夜破堅冰／柳綠桃紅萬物萌／燕翼剪東風

夏風

隔岸送蓮香／蟬噪蛙鳴葦澱長／船槳蕩斜陽

秋風

落葉舞重陽／萬里叢林秀彩裝／秋景勝春光

冬風

梨樹滿園栽／玉蕾瓊花次第開／疑似又春來

白話文漢俳

鄭衛（中國）

問梅

梅花撲鼻香／若非一番寒冬雪／會是怎麼樣

莊莊（中國）

無題

荒涼的城市／有大鳥橫過星空／夜漸漸乾涸

那血肉的心／被時光和水風化／尋不著痕跡

誰將去追問／誰將看見那瞬間／致命的深度

我用心體驗／那些飄浮的碎片／我寧願劃傷

陳敏（中國）

路

還是這條路／記憶長滿了荒草／走不回去了

天國

只隔這層土／您的余溫灼痛我／天國不遠吧

在雨中

撐著彎把傘／在雨中想一個人／思念有點鹹

鄧令君（中國）

緣繫河橋

在那河橋上／是緣讓你我相識／願心心相知

風雅漢俳 2016 年第 3 期（總第 7 期）

主編：段樂三（中國）　林爽（紐西蘭）

副主編：黃明燦（中國）　林美君（巴西）　許朋遠（中國）　李君莉（中國）

編輯部主任：李德國（中國）

特邀編輯：楊鳳霞（中國）　任若綿（中國）　肖育花（中國）

卷首語：恭賀南美洲華文作家協會創會二十五周年

南美你在哪／華文作協開群花／引眾認識她

二十五周年／協會年年飄彩霞／霞飛到天涯

漢語萌嫩芽／心中有個大中華／會刊結金瓜

心語掛瓊葩／《南美文藝》滿樹花／芳香顯大家

會長受人誇／兄弟姐妹愛護她／都想攀親家

段樂三（中國）

游烏鎮

街長石路長／烏篷流水夾中央／拱橋相繫歡

串串店古廊／雕龍畫鳳耍花樣／技比魯班強

人眾此尋歡／迷了五洲四大洋／遊客一行行

搖櫓水波長／瀲瀲碧巷潤心房／不信去嘗嘗

夢裡一宵香／如同仙界到人間／回味又芬芳

林爽（紐西蘭）

處世

煩惱自己找／心躁意亂先檢討／別怪人不好

事情既發生／能處理者就得撐／別令怨氣騰

生活放輕鬆／身處逆境要從容／別鑽死胡同

別怕被人用／表示您還不平庸／對人有作用

人自然變老／痛苦千萬別自找／變成熟最好

好人不寂寞／慈悲善心不嫌多／積德多沒錯

別怪他人壞／忘恩記怨難開懷／心中怎愉快

自己先受苦／與人為善好相處／為大眾服務

對人別生氣／少惹煩惱少對立／修養靠自己

煩惱成業障／為人辛苦自己忙／謙卑智慧長

黃明燦（中國）

武夷山采珠

九曲溪

三峽雄壁立／灘江水景稱秀麗／難比九曲溪

一水貫群山／竹筏片片過深潭／清流起斑斕

溪水武夷魂／曲曲彎彎繞峰行／山水集大成

大紅袍

崖上六株茶／治病救人傳佳話／狀元紅袍掛

丹山碧水間／綠樹藍天白雲飛／不及紅袍美

山澗獻脂膏／九龍窠穀茶香飄／王者大紅袍

滕林（巴西）

南美作協銀禧慶生

錦繡繫情懷／南美作協廿五載／茶點敬君來

俳詩眾人愛／南美文藝滿堂采／書香盈四海

八十詩翁情／筆墨揮毫祝佳慶／賀詞滿處吟

許朋遠（中國）
古都遊記
老城牆
久聞長安城／四方圍城可觀景／城頭單車行
大雁塔
巍峨大雁塔／如織遊人多如麻／聽曲看水花
碑林
卷卷石頭書／千秋萬載讀不破／數典莫忘祖
兵馬俑
奇跡現臨潼／沉睡千年露崢嶸／堂堂軍列中

李君莉（中國）
凡爾賽宮
帝王遺奢華／宮廷內外庶民游／水中落滿霞
凱旋門
雄獅拱白玉／縱橫宇宙振八荒／神采放光芒
富士山
櫻花含笑開／玉扇倒懸東海天／清風拂面來

楊鳳霞（中國）
遊瑞士琉森湖
藍天碧水長／天鵝遊弋海鷗翔／古塔伴橋廊
詠羊
溫和性善良／食草肉鮮披素裝／銀毫譜錦章
詠荷花
天然嬌韻魂／凌波玉立溢芳馨／娉婷不染塵

任若綿（中國）
張家界謁賀龍銅像
兩刀正道雄／剛正不阿度崢嶸／軍旅政界崇

劉少奇故居所見
謁見炭子沖／土牆農舍古楓紅／清廉入眼中
崇敬樂三君
湘黔兩地鄰／松健竹韌寒梅豔／夢縈樂三君

肖育花（中國）
遷鳥
鶴飛九天雲／一行倩影印長空／南北旅遊中
小河
入夜小河靜／彎彎月牙倒映中／溫柔更迷人
詠梅
堂前一枝梅／不俱凌雪凜風摧／昂首獨自開
金秋
獨臥西窗前／片片黃葉舞翩翩／秋夜月正圓
早春
二月春來到／雀立寒枝喜眉梢／垂柳吐嫩嬌

賀林爽老師在紐西蘭創辦《語言交流園地》二十周年
月梅（紐西蘭）
園地ABC／悉心辦學育青苗／桃李發新枝
授業身心獻／中紐文化牽一線／潛心二十年
胡乃文（紐西蘭）
賀祝滿帆城／林君功德華裔欽／爽秀沁人心
段樂三（中國）
中英紐一堂／語言交流二十年／授課熱心腸
義務不平常／英國女王頒勳章／林爽永傳香

林岫（四人組）（中國）
組稿——澄霞漢俳之光
紫竹院河池泛舟
田田碧幾叢／縈回恰許小舟通／新荷照眼紅
題畫蘭草
筆動墨花狂／嫁得詩人勝帝王／長留一脈香

高勇（中國）
法規的悲哀
法規啥東西／當揉手中一塊泥／任捏葫蘆提

沈延生（中國）
吟詩
天曉鳥蟬鳴／曲韻詩情偶得靈／提筆一揮成
謁禹王宮
絕頂殿莊嚴／道院清幽繞紫煙／品茗仰先賢

張淑琴（中國）
醫生
救死扶生人／醫德醫風貴千金／莫要喪良心

瞿麥（中國）
鄉情
四海皆兄弟／東西南北一般親／難忘老鄉情
遊子獨飲
獨酌半沉醉／遊子日夜思故鄉／蟋蟀曾同睡
胡桃
掌中轉胡桃／緩緩自問又自答／秋思幾多愁
懸鈴
深秋雲料峭／梧桐樹果似懸鈴／迎風左右搖

《杜鵑》百年慶
百年倥傯已／秋高氣爽菊晴天／喜慶滿人間
註：《杜鵑》為日本著名俳句期刊

任少歌（中國）
桃源晚耕
犁閃露華濃／淵明源裡戴月耕／藉助桃花風
觀雪揮毫
宣紙鋪天地／縱情揮毫意象開／臨雪起飛白

孟憲明（中國）
故鄉情
鄉心隨水流／熱吻家山浣久愁／夢中醉歸舟
神馳桑梓淚／春萱倚扉待兒歸／寸心報春暉
關遙望雁斷／思緒千重化雲煙／巴山夜雨篇

智樂（紐西蘭）
詠古代詩人
詩豪劉禹錫／宗元結厚稱劉柳／格律清新秀
唐詩人李賀／樂府歌詩為絕唱／英年早逝者

石倉秀樹（日本）
風
風花舞霞洞／詩人仰賞櫻雲湧／吟競春鶯哢
捕風捉影人／探幽牛步入櫻雲／鯨飲醉崑崙
櫻林風色好／白頭鶴步扮詩豪／鳳舉蒐詞藻
傾盞醉風光／櫻林茅店花堪賞／詩魂聲易揚
櫻雪舞夕風／詩叟惜春抱酒瓶／裁賦放悲聲
層雲鎖夏天／風雨交加洗茅庵／午飲扮詩仙

月梅（紐西蘭）

有山有水乃宜居

廣東增城二首

南香山腳下／溪旁泥磚屋安家／友鄰狗雞鴨

蝶撲清溪邊／山花爛漫掛村前／林茂鳥翩躚

廣州市越秀區二首

巴士停門口／對面超市兩步走／喧聲傳三樓

晨曦沿江邊／清風滌蕩沁心田／玩拳頤天年

紐西蘭奧克蘭二首

鳥喜樓我家／偷食桃李嘰嘰喳／撲落滿地花

大海抱青山／一湖碧水透天藍／彩雲追白帆

韓井鳳（中國）

望春

蒼松立古崖／崖風料峭繞雲霞／郊遊未見花

雪融去池塘／柳堤風擺舞鵝黃／黃鸝唱老腔

山塗半未勻／朔氣減威不是春／鳥脆候佳賓

陳雪均（中國）

登廬山

身在白雲邊／俯瞰崗巒旭照妍／紫氣潤心田

雲端傲蒼松／溪澗涼涼碧岸濃／人去野花榮

張光明（中國）

從此笑聲滿天堂──懷念趙麗蓉

懷念趙麗蓉／誰說藝人仗青春／古稀夕陽紅

追思趙麗蓉／平凡老人屢轟動／誰人不識君

評戲苦出身／花為媒劇唱出名／年齡即藝齡

詼諧笑爽朗／硬與躍文抬死杠／司馬缸砸光

三步兩回頭／探戈就是趙著走／風趣精神抖

中華功夫令／台上表演一溜風／膝蓋骨增生

劉衛軍（中國）

感ＱＱ漢俳詩人群建立

漢俳詩友群／圈內寫詩締友情／詩壇沐春風

群內勤耕耘／詩文細琢裏群力／佳句更頻生

俳群共經營／齊磋互研尤便捷／詩苑迎欣榮

辟建ＱＱ群／莫小一畝三分地／聚凝龍虎風

蘇明生（中國）

風箏

紙鳶升上天／因風假勢童子牽／老叟笑樂顛

黑茶

黑茶出安化／天尖茯磚千兩茶／茶王尊為大

陳炳文（中國）

飄雪

雪花舞漫天／無價銀袍裹大千／萬物慰冬眠

琢玉

荊山玉奇珍／和氏未作枉遭刑／難得工匠心

陶文荃（中國）

琢玉

琢玉力求精／精雕細刻玉器成／育人與之同

詠竹

翠竹滿山坡／造福人類貢獻多／狂歡竹之歌

遷鳥

候鳥求生存／不畏艱險萬里行／聲聲望安寧

飄雪

柳絮漫天舞／有望清廉美如許／潔白新歌譜

重陽

九九又重陽／人生亦老又何防／但求坦蕩蕩

黃晏明（中國）

琢玉

知識靠累積／石玉琢磨方成器／磨礪成大氣

詩癮

雨過放天晴／悅心度步賞新景／得意春風情

喝茶

喝茶有福音／舒筋活絡益於身／能治頑疾症

賞月

佳節倍思親／今日整裝赴羊城／舉家賞月明

肖志平（中國）

詩路

求索暮年時／誓作春蠶勤吐絲／騷壇任奔馳

詠泉

林澗出甘泉／長流不息無污染／常飲壽延年

詠秋

中秋金色景／百草結籽大地香／農夫搶收忙

詠竹

蒼翠葉瀟瀟／雪壓霜欺對風搖／勁節沖雲霄

人生

歲月履蹉跎／人生道路本坎坷／淡泊名利樂

諶政綱（中國）

天下漢俳

漢俳網詩友／明燈一盞亮全球／濤濤伴潮流

同胞一脈

兩岸承一脈／同胞兄妹鑄鋼鐵／永繫同心結

「亞行」飄香

亞洲投資行／魏然屹立在東方／中國挑大樑

話茶

湖南安化茶／暢銷四海千萬家／美譽遍天涯

遷鳥

遷鳥飛歌唱／南來北往追夢想／環球送吉祥

彭少英（中國）

詠春

春在四季首／引領全年開好頭／春光莫虛度

詠竹

翠竹無花香／不媚不俗氣節揚／無語孕筍忙

飛雪

潔白無瑕垢／覆蓋大地歸於土／福水永長流

詩癮

滿腦盡是詩／愛詩卿卿我如癡／寫讀兩相知

錢

錢靠勞動掙／好逸惡勞起歹心／勤勞是本分

謝旭東（中國）

華人獲諾貝爾獎

莫言屠呦呦／道是無名卻有名／諾獎占鰲頭

南海風雲

南海起風雲／吹拉彈唱非美日／霸道誰橫行

小河

小河流水清／峰巒垂懸碧水中／波光相輝映

朱建宏（中國）

飄雪

大地白皚皚／飛落人間無國界／帶來樂與災

冬至

時令天氣寒／大雁早已飛江南／車過玉門關

秋

北辭龜山景／高鐵載我愛晚亭／楓葉滿山紅

秋雨

秋雨細綿綿／陣陣涼意透心間／引來深思念

琢玉

寫詩如琢玉／推敲詞韻煉佳句／日久隨心欲

田雲程（中國）

琢玉

玉石賽黃金／精雕細刻方能成／有勞琢玉人

秋

夜風涼意濃／黃葉飄落月色中／才知是秋聲

詩癮

老年入詩門／看書學習好認真／吟賦養精神

詩路

詩路路漫長／詩中意境氣宇昂／好詩永難忘

中秋話短長

八月丹桂妍／中華兒女慶團圓／傳統延萬年

王軼民（中國）

賽龍舟

年年賽龍舟／合力同心搏追求／豪氣貫千秋

中秋賞月

中秋邀親朋／對酒吳剛話天宮／共圓航天夢

練寫詩

退休練寫詩／學步蹣跚興也癡／老樹發新枝

黑茶

白沙溪黑茶／歷史悠久名聲大／客戶遍天下

李彰國（中國）

詩癮

詩海癮君郎／創作聊發少年狂／詩集傳四方

放風箏

微風輕輕吹／紙糊蜻蜓一線牽／逆風送上天

詠竹

竹筷上餐桌／玉蘭片為山珍素／成材貢獻多

飄雪

萬里飄瑞雪／神州大地添新顏／換屆出聖賢

劉玉林（中國）

放風箏

一線手中牽／隨風飄移入雲天／放飛漫無邊

琢玉

玉石天然成／能工巧匠手藝精／雕琢出真品

詩癮

弄文詩成癮／賦詞鑄就中華魂／功底漸精深

端午

又是五月五／龍舟競渡慶端午／再把離騷賦

王朝驦（中國）

頌思林電站

烏江兩扇岩／精兵強將擺戰場／西電東送忙

塘頭頌

塘頭豐產壩／龍江環繞美如畫／香港揚天下

註：香港是外阜人對塘頭的美譽，意
指塘頭像香港一樣繁華。

劉太平（中國）

龍底江春韻

垂柳浣阿哥／妹坐船舷弄清波／饞魚腳底啄

碧波倩影蕩／哥搖小櫓妹撒網／魚騰春風漾

任達瑜（中國）
春
田蛙叫呱呱／邀上陽雀與山花／送綠到農家
泉
叮咚下山崗／載歌載舞惠農忙／村民甜心房

陳國才（中國）
引水灌溉
龍底江水流／引渠上壩共解愁／富裕我塘頭

李達才（中國）
贊三農政策
啥是重中重／一號文件惠三農／城鄉步調同
話塘頭
四周環山抱／一江一橋三壩繞／大旗再舉高
詠春
鳥唱花又香／小溪池塘水汪汪／農夫耕種忙

羅君維（中國）
建設社會主義新農村
富學樂美好／四在農家暖心房／農民喜洋洋
三農熱點高／兩會精英議新招／富民掀高潮

郭應江（中國）
詠竹
人人談高潔／我道一生節節高／凌空入碧霄
紙
愛美也納污／是非曲折有若無／好壞由人書
筆
形形色色迷／一毫揮動世間奇／替人吐心跡

張革生（中國）
韶山感懷
兒時早夢憧／聖地今游謁毛公／了願興沖沖
韶峰鎖萬重／救世拋家為大同／偉人志長空
銅像聳蒼穹／長風仰望睹慈容／灑淚久鞠躬
革命歲崢嶸／舉家舍業建豐功／一門六義雄
東方日映紅／華夏騰飛欣向榮／滴水潤澤東

錢希林（中國）
秋之歌
秋風
秋風蕭蕭吹／群雁八字朝南飛／落葉隨風追
秋雨
秋雨洗翠林／雲霧繚繞山更清／飛瀑擊石音
秋香
重陽菊花香／美酒佳餚敬爹娘／同沐明月光
秋氣
秋高氣愈爽／重陽菊酒少鬢霜／鶴髮更童顏
秋虎
秋涼精神爽／忽遇老虎頭冒汗／快搖鵝毛扇

沈克非（中國）
夏日雜詠
夜歸
回鄉夜朦朧／花燈萬家詩書詠／歸途雨相送
清澗
枝頭百鳥聲／相伴水中蛙初成／清澗走一程
鶯雀
待到和風起／百草復甦藤蔓新／鶯雀欲探奇
琴音
飄梁品琴韻／花雖謝綠已成蔭／賞滿目淨心

夏日池塘

驕陽灑池塘／荷影成點舞雙槳／船回舊時光

孫嘉勤（中國）
感懷

毛豆燒芋芳／傳統佳節品美肴／合家樂淘淘

秋高加氣爽／和平外交驚于世／盛世展宏圖

幽靜曲水園／金菊綻放齊爭豔／垂柳舞翩遷

漢俳十七字／起承轉合巧構思／情真出好詩

彩車行街巷／禮花彩虹普天照／萬眾齊歌唱

王瑞祥（中國）
雜詠四首

過端午

大街小巷幽／昔日沙灘綠滿樓／海濱遊客稠

樂逍遙

赤日似火燒／躲進小樓孵空調／讀書樂逍遙

親情

淚眼看癡呆／百般呼喚情滿懷／歡笑何時再

友情

風清月當空／天南海北來聚攏／情濃不老松

遠山（中國）
望秋

望雁

高高入雲端／極目遠望南飛雁／何日君再還

稻浪

一碧萬頃空／稻穀金浪隨風動／望眼縹緲中

寒露

初秋寒風起／陽光溫和帶寒意／無須忙添衣

秋夜

時已近仲秋／玉盤如鏡夜幽幽／廊下蟲啾啾

對酌

又逢北風吹／菊黃蟹肥迷人醉／和酒共舉杯

周樹莊（中國）
中秋寄懷

中秋月如珪／千家萬戶盼鄉歸／天地兩相隨

古人舟楫短／天各一方相見難／鄉思共嬋娟

今人短信頻／一鍵飛越萬重嶺／賽過月傳情

中秋月清輝／蓄勢三載曇花開／滿屋暗香來

一襲清香處／月下美人舒袖舞／動人情楚楚

滿枝曇花開／花容月貌競相媚／頻頻送香來

祝文鏢（中國）
思鄉

春雨淅瀝瀝／寂寞無主夜難眠／思鄉夢魂牽

江南名古城／聞得書香聽弦聲／才子與佳人

處處有佳境／小橋流水陌巷深／寒山寺鐘聲

少小離家行／白髮常懷故鄉情／落葉難歸根

黃太茂（中國）
古代四藝

琴

絲弦細弄聲／流水高山總是情／經典不圖名

棋

世事有紛爭／楚河漢界確分明／何必論輸贏

書

潑墨展才華／龍飛鳳舞筆生花／文苑盡奇葩

畫

豪端紙上功／花鳥蟲魚樣樣通／山水亦圓融

何玉芳（中國）

豐收曲

遍山小菊黃／碩果喧囂採摘忙／滿倉新穀香

紅柿曲

霜重亦從容／落葉悠悠戲長空／滿枝柿子紅

秋聲曲

草叢蟋蟀叫／桂花飄香遊人笑／淡雲追月跑

秋晨曲

涼風透櫺窗／簾下野花映白霜／滿屋盡芬芳

思念篇

冷霜透櫺窗／夢裡思君枕濕涼／伊人欲斷腸

詠桃花

滿院桃紅醉／嬌羞倚翠俏低眉／瓣瓣惹情飛

楊佩雲（中國）

夏日荷塘

菡萏送清香／池邊信步習風涼／陌柳漫梳妝

飛瀑

遠望縞絹垂／近觀傾瀉玉珠飛／水霧透銀輝

松

松高聳雲層／突兀懸崖絕壁生／偉岸骨堅錚

蟬

知了樹梢嘩／垂緌飲露翠無花／蟬鳥棲一家

呂淑藩（中國）

江景

春暖柳絲垂／又見江中白鷺飛／遊艇笛聲威

詠竹

甘居僻荒中／虛心亮節顯驕雄／四季亦蔥蘢

花海龍城

龍城花海榮／姹紫嫣紅樹樹濃／醉眼暖心融

黎俊國（中國）

松

挺立傲蒼穹／排山倒海莽林風／松濤氣勢雄

梅

凌寒獨自開／梅花含笑報春來／香豔動情懷

荷

彩蝶舞荷塘／芙蓉花豔映垂楊／池畔沁幽香

鍾素冰（中國）

柳江漁舟

玉帶傍城流／金沙角岸泊漁舟／垂釣樂悠悠

蟠龍瀑布

白練出瑤台／蟠龍山上瀑飛來／霞彩暢心懷

花果山生態園

探秘幻迷宮／美景千般各不同／花果鬱蔥籠

荷塘

塘裡寶蓮開／循香玉蝶盡飛來／幽景遣情懷

靖西鵝泉觀光

邊寨暢優游／碧水鵝泉蕩畫舟／幽景鏡中收

羅正平（中國）

梅

玉骨傲冰霜／梅花綻放漫天香／春至吐芬芳

蘭

蘭品雅端莊／春秋自抱鬥群芳／悠遠放幽香

菊

幽地共歡祥／秋霜露水也無妨／同樣放清香

松

挺立在山峰／根深葉茂向天空／松色鬱蔥籠

柳

枝弱不承鶯／翠柳婆娑感綠新／河堤樹遮蔭

陳協明（中國）

詠竹

四季葉芊綿／凌雲高節韌彌堅／虛心品自端

詠茉莉

白花披綠妝／冰肌玉骨溢芬芳／炎暑頓清涼

詠藕

生處淖泥潭／勿彎寧折自尊嚴／潔身美譽傳

三角梅

貧瘠只當閒／肥稀水少亦悠然／繁花似錦妍

黃火嬌（中國）

詠荷花

荷田魚戲中／紅花朵朵蕩東風／賞景闊心胸

夏日美荷田／花紅意暖醉心甜／玉藕不泥連

一片霞明媚／紅白淡雅花如醉／幽賞心獨會

詠喜鵲

凌霜臘月梅／喜鵲登枝報春歸／百花興致回

寒冬瑞雪飛／梅間喜鵲報春歸／好夢暖心扉

詠桃花

陽春暖意濃／人面桃花相映紅／歡聚半山中

風雅漢俳 2016 年第 4 期（總第 8 期）

主編：段樂三（中國）　林爽（紐西蘭）
副主編：黃明燦（中國）　滕林（巴西）　許朋遠（中國）　李君莉（中國）
編輯部主任：李德國（中國）
特邀編輯：楊鳳霞（中國）　任若綿（中國）　肖育花（中國）　屈杏偉（中國）

卷首語：等待

段樂三

《風雅漢俳》詩歌季刊，從 2015 年第 1 期至今已經兩年，辦了八期。

這八期刊物，忙了熱心的作者寫作，也忙了熱心的編輯勞動。

從每期的作品中，我們見到了生活在神州南北與世界各地的漢俳詩人，都在用微笑和善意表達心中對生活的熱愛。

用漢語創造出來的漢俳，如果寫得動情，我們沒有理由不來閱讀欣賞，因為我們從小就是在媽媽朗誦的詩歌中長大的。

刊物中，可能有不少被您認為寫得水平不高的作品，這是因為您是一名寫詩高手。

希望您能創造傳媒方式，將自己的作品展示出來，將人們的漢俳接納進去，幫助大家提高寫作漢俳的水平。

心朝您等待／碧透瓊林掛果來／一嶺馥香開

詩花眾送來／七彩流雲朵朵開／微風攜漢俳

朋友擺詩台／台中花展一排排／都想等您來

段樂三（中國）
湖鄉
泥肥水打湯／金穀銀棉魚滿倉／餐餐煮小康
嫁雨
嫁雨是好雨／搖搖晃晃風送親／一路不正經
雨浸垂柳
鵝妹想婚紗／雨浸垂柳語沙沙／邀風送給它
小狗找人
白狗找遛遛／遛遛一對意相投／浪漫兩悠悠

水鴛鴦
寂靜守清塘／塘間一對水鴛鴦／相愛弋芬芳
兩杯咖啡
杯小熱心腸／唯與老師慢品嘗／內外溢芳香

林爽（紐西蘭）
初春詠
春回雲鄉地／脫下羽絨換輕衣／早晚仍寒意

又見芳草綠／萬紫千紅百花聚／蜂來蝶飛去

簷前雙燕雛／春色滿園關不住／朝陽驅寒露

黃明燦（中國）

我愛我家

室滿書香

雅室沁書香／名人字畫掛滿堂／藏書一板牆
鍵盤嗒嗒響／詩文蹦出一行行／同儕共品嘗

賢惠老妻

布衣甘如飴／孝敬父母數第一／友鄰身段低
蔬果一畦畦／洗衣做飯喂鴨雞／持家一杆旗

屋上荷塘

屋頂小荷塘／朱筆點天著文章／碧葉掩寶藏
龜鱉把頭昂／鱔鰍鯽鯉雨露嘗／和睦處一堂

庭院花園

精緻小花園／四季花妍鮮果甜／碧樹舞翩翩
夜來起淡煙／香風入室正好眠／拂曉雀鳥癲

家旁小河

小河水清清／追風緩緩趨洞庭／兩岸柳聞鶯
邀上三五朋／席地擺擺龍門陣／也侃漢俳經

滕林（巴西）

美遇

俳詩配圖片／風雅漢俳喜相見／佳作永傳延
意識鮮氣息／歡樂時光聯心誼／俳詩賀新禧

許朋遠（中國）

俄羅斯散記

海參崴

清晨下舷梯／華麗空港人如鯽／故土誰留意

註：海參崴俄語海參崴，清朝屬吉林

貝加爾湖

水天真一色／汪洋深奧不可測／猶聞正氣歌

註：貝加爾湖漢代謂北海，蘇武使匈
奴被扣於此

白樺林

傲然立蔥蘢／銀樹金葉指蒼穹／今來聽秋風

青銅騎士像

躍馬氣軒昂／叱吒風雲鑄輝煌／英名永留芳

註：聖彼得堡彼得大帝青銅像

冬宮

埃爾米塔什／稀世珍寶數不盡／遊人歎觀止

註：冬宮俄語稱埃爾米塔什博物館

莫斯科地鐵

地下深百米／座座宮殿顯奇跡／壁畫有紅旗

紅場

偉業聞天下／百年殊勳未掩暇／依然有鮮花

李君莉（中國）

莎翁故居

平凡出偉大／筆下生成文與史／黃花香百世

巨石陣

巨石參天立／橫豎高低圍一圈／蘊藏千古事

康橋

橋頭柳低垂／一段水流一段詩／隨手採一枝

李德國（中國）

為青山碧水宿鴛鴦圖配詩

水碧山巒秀／白鵝喜戲多情逗／垂柳爭春茂

益陽市會龍山棲霞寺遠眺

登高萬象生／資水彎彎繞古城／古剎蕩鐘聲

安化縣梅山文化生態園

村落臨幽境／山青水秀成名勝／一覽添遊興

楊鳳霞（中國）

玉龍雪山

巍峨屹碧空／雪嶺飛花潤綠松／半山掛彩虹

詠竹

連天萬葉開／四季蔥蘢臨水栽／顧水影徘徊

詠菊

芳菊沐霞光／蕊寒枝冷染清霜／花枯不改香

任若綿（中國）

山間行

雲開麗日紅／山黛水碧霞蔚濃／幽林鳥語宏

新農村見聞

果蔬綠色存／人居空氣淨無塵／土養畜禽真

肖育花（中國）

遷鳥

鶴飛九天雲／一行倩影印長空／南北旅遊中

路邊小草

小草路邊生／淡淡花香默默情／坦然世無爭

夜景

春夜月朦朧／滿江歌舞滿江燈／醉倒倚欄人

荷

婀娜美嬌娘／婷婷玉立在池塘／花飄縷縷香

屈杏偉（中國）

端午

昨日忽得夢／汨羅江邊百鼓鳴／端陽競舟聲

雪浪飛急棹／穿江剪柳龍舟到／把酒述離騷

折蘆捆米粽／勤掛蒲蒿春艾絨／戶戶鄉情重

晨光舒夏味／杯將酒灑汨羅水／屈子而今慰

孫業餘（中國）

迎春隨想

官長醉醺醺／公費遊山穿果林／哪樣為黎民

細雨落紛紛／修檢農機忙備耕／四野起歌聲

王繼坤（中國）

「保釣」安居

購島黑心腸／倭聲再起又猖狂／垂涎更荒唐

郭婉珠（中國）

擦鞋女

去污增亮色／人累手髒錢乾淨／擦拭寫人生

拉鍊

務實不浮誇／任你上下左右拉／開合總不差

沈延生（中國）

秋菊

時至暗流香／儀態仙姿俏冠芳／風韻攬秋光

屈寶宸（中國）

勁吹簫管

瓊花春複秋／勁吹簫管壯神州／騁步路悠悠

登高

黃公覓素書／登高極目楚天舒／薄雷晴雨初

偉業勃興

覽偉業勃興／萬幅藍圖奔眼底／巨龍昂首起

看滿園難鎖／千枝紅杏出牆來／大眾笑顏開

水灘

快艇競風流／碧水紅荷葦點頭／灘上有高樓

福慧嘉緣（中國）
端午頌
糯米裹青羅／孝女曹娥救父說／細柳舞婆娑
離騷伴九歌／江邊佇立望清波／荷香沁腦窩

秋歌雨韻（中國）
五月泛龍舟／只為忠臣撒粽球／兩岸沸如流
葦葉裏溫馨／互贈親鄰宴友人／共酒論詩文
艾草浴童身／可避邪風可避瘟／更避五毒侵

少庭（中國）
飲恨化詩行／水驛山程啟瑞光／玉宇任翱翔
信手布金黃／熱浪隨風湧麥香／索句未成章
斗室溢書香／史冊重溫古韻長／煮酒話端陽

紫雨紛飛（中國）
五月蘆葦香／糯米紅棗披綠裝／祭祀屈子亡
端午情意長／萬人搖櫓巨龍翔／敬酒汨羅江
望江兩眼瞅／風助浪起雨添愁／粽子祭王侯

眉彎（中國）
自古有忠良／怎奈讒言命早亡／飲恨汨羅江
青茶玉綠香／春秋史話已滄桑／紅塵百味長

喜上眉梢（中國）
糯米粽飄香／鼓樂喧天夜未央／溢彩映流光
雄黃共舉杯／知心話語暖心扉／笙歌蕩翠微

冬青樹（中國）
葦葉裹滄桑／糯米清香韻味長／求索入詩行

情愁似線長／尋香索味望家鄉／不覺淚兩行
競渡夢激揚／一脈風騷史有香／淚灑汨羅江

王欣（中國）
傳統話端陽／菖蒲酒美粽味香／艾葉掛庭堂
端午悼屈原／競渡深悲千載冤／忠烈世相傳
懷古汨羅江／飲恨悲歌賦國殤／字正韻鏗鏘

瞿麥（中國）
鄉情
四海皆兄弟／東南西北一般親／難忘老鄉情
胡桃
掌中轉胡桃／緩緩自問又自答／秋思幾多愁
懸鈴
隆冬雲料峭／梧桐樹果似懸鈴／迎風左右擺
詠梅
無意鬥群芳／傲雪挺立暗沁香／歲回好春光
遊子獨酌
獨酌半沉醉／遊子日夜思故鄉／蟋蟀曾同睡

註：選自線裝書局 2013 年 12 月出版
《中國漢俳百家詩選》一書

葛放（中國）
春
江南欲蹬綠／溪鴨心悅群相戲／桃紅遊人聚
夏
羞月急遮顏／瑞雲飛渡舞翩遷／似白浪滔天
秋
撥浪有金穗／層林盡染香山葉／吹皺一江水
冬
塵封借碎銀／頓失滔滔江河凝／抒懷詩人吟

周樹莊（中國）

中秋觀月

中秋月如珪／千家萬戶盼鄉歸／天地兩相隨

古人舟楫短／天各一方相見難／鄉思共嬋娟

今人短信頻／一鍵飛越萬重嶺／賽過月傳情

曇花開

中秋月清輝／蓄勢三載曇花開／滿屋暗香來

一襲清香處／月下美人舒袖舞／動人情楚楚

滿枝曇花開／花容月貌競相媚／頻頻送香來

高野根（中國）

日本旅遊記

雨中園

祇園又一景／斜風細雨紅燈影／雨中麗人行

富士山櫻花

山下芳菲盡／山中一片櫻花馨／春歸何須尋

箱根一宿

如入神仙境／昨夜一宿未曾醒／晨起聞鳥鳴

夏夜

月掛樹梢影／廣場舞散人聲靜／深空看繁星

陸玲妹（中國）

詠梅

獨傲風雪中／無蜂無蝶誰與共／暗香春心動

隆冬一花神／吻雪抱風俏無聲／縷縷香氣幽

腳下踩冰霜／傲立枝頭送幽香／不爭名花王

小朵黃澄澄／鬥雪吐蕊玉骨香／醉人春意長

潘寶康（中國）

旅途

憶在日坐馳高山線

橫斷東瀛島／坐車馳覽兩側秋／斑斕滿山丘

機降九寨黃龍機場

雄鷹掠崖巔／萬垓砂石疊峭岩／機貼山沿翻

赴粵機中

銀燕穿夜空／憑窗瞥見閃電雲／道仙煉丹釜

車過虎門橋

車過虎門橋／俯望巨輪看似小／南疆雄關傲

王曉華（中國）

遊古鎮

初夏探幽處／古橋古廟掩古樹／民風亦古樸

石板鋪曲徑／一塵不染無人影／偶聞小鳥鳴

輕舟河中劃／綠水盈盈映荷花／如詩又如畫

煙雨罩山川／摩崖丹書依稀辨／仙境落人間

馮漢珍（中國）

天門印象

曲道通天

萬丈似長虹／九十九彎通天道／直抵天門洞

穿山電梯

天門迎嘉賓／山高何需空仰止／天梯助我行

非常索道

山高人為峰／世間索道尋常有／最長是天門

孟德潭（中國）

帶葉剪葡萄

東家居北郊／有山有水種葡萄／鮮豔領風騷

果熟鳥先瞧／四方遊客湧人潮／慢品眾逍遙

嘗好再精挑／粒粒珍珠粒粒妖／籃小怎能捎
帶葉剪葡萄／隨人意願不愁銷／餘留做酒糟
佳釀把魂銷／葡萄美酒興飄飄／邀友飲通宵

李達才（中國）
「三農」頌
兩會重三農／窮鄉僻壤春意濃／旱苗綻笑容

鄭能（中國）
看曲苑雜談
生旦淨醜顏／說學逗唱樣樣全／老少樂心田
觀《聊齋》有感
故事豈無聊／談情說愛樂逍遙／人鬼情未了
貴州唱和
劉太平原詩《學寫漢俳詩》
曉月訪書齋／囊螢苦種待花開／花開鬢髮衰
郭應江和詩
耕耘在書齋／屢曆冰霜百花開／莫道鬢髮衰
任達瑜原詩《小雨》
聲輕潤如酥／草長鶯飛莫躊躇／彩繪春景圖
郭應江和詩
細雨柔美酥／煙花三月莫躊躇／無聲潤物圖
任若綿原詩《遊沙洲》
邀友游沙洲／遍覓奇石樂心頭／一笑一杯酒
張革生和詩
江擁白鷺洲／喚友邀朋樂心頭／美景加美酒

黃太茂（中國）
詠路燈
街邊歲月深／任憑風雨漫相侵／柔光益萬民

詠指路標
岔路指西東／鮮明引導路人通／屹立雨風中
詠鐘錶
滴答響協調／長年累月達通宵／來回路一條
詠電風扇
風流為客忙／熱情婉轉巧張揚／送人一片涼

陳協明（中國）
詠荷
圓葉泄清風／露潤荷花別樣紅／藕蕊噴香濃
詠菊
東籬秋意濃／迎霜沐露笑西風／對菊讚陶翁
慶天宮二號發射升空
萬里碧澄天／騰空銀箭映嬋娟／今宵月更圓
秋分
秋向此時分／風清氣爽露微侵／暑寒今日均

黃麗燕（中國）
詠蘭花
園林四季芳／獨愛幽蘭淡淡香／人稱花草王
詠桂花
桂子滿庭芳／千枝掛蕊一秋黃／和風緩緩香
詠水仙花
不與眾同芳／蓬蓽生輝雅室揚／瑞氣漫廂房
詠茉莉花
夏伏吐芬芳／質樸清純亮素妝／香淡沁心房

黎俊國（中國）
憶菊
浪跡在天涯／重陽賞菊月光華／長憶故園花

夢菊

佳節又重陽／時時飛夢到家鄉／籬畔菊花黃

探菊

詩友聚籬東／美酒相攜尚古風／重陽就菊叢

鍾素冰（中國）

神州拾貝

最憶是杭州／中華古國展鴻猷／峰會盡歌謳

中國女排雄／爭鋒里約勢如虹／王者載殊榮

科技勇爭先／天宮二號喜飛天／民眾樂翩躚

水上節狂歡／幸會龍城喜慶綿／賓客娛問膽

花放送清香／敢勝寒霜展素裝／秋菊譽流芳

羅正平（中國）

偶感

任爾露寒霜／東籬又見綻花黃／秋菊送清香

里約建奇功／為國爭光志不窮／中國女排雄

科技顯鋒芒／天宮二號壯華邦／圓夢氣昂揚

明月耀青天／喜度中秋笑語喧／團聚樂延綿

九九又重陽／久別同窗聚一堂／相互祝安康

呂淑藩（中國）

詠菊花

金秋山野黃／菊蕊綻開披錦妝／雅麗溢芬芳

詠彩虹

七彩掛晴空／逢陽借雨偶成弓／驕美一時紅

詠睡蓮

羞隨芳譜妝／蕊臥緋腮縷縷香／騷人賦錦章

楊佩雲（中國）

秋菊

黃花釀酒時／東籬麗菊已芳菲／秋露醉香枝

秋實

雲淡更天高／金黃田野惹人驕／稻穀笑彎腰

秋飲

依欄賞夕陽／菊花美酒入詩行／清秋飲露霜

秋詩

凝眉欲寫詞／想給秋天一首詩／清風笑我癡

黃火嬌（中國）

詠菊花

秋風瑟瑟吹／飲露餐霜菊又歸／賞花醉心扉

歲月複年輪／深秋野菊燦如金／素雅醉芳心

閃爍在秋陽／枝頭抱死美名揚／挺立傲霜寒

中秋吟

皓月當空照／吟詩作賦網朋邀／鍵盤把韻敲

任少歌（中國）

思母

吻一張照片／母親又活在眼前／溫暖的搖籃

回憶家鄉麵

空虛的大碗／盛滿故鄉的鹹淡／一串淚作麵

懷人

一彎月似鐮／割不斷愛河那邊／瘋長的思念

停電之夜

夜幕飛流螢／攜妻踏露叫蛙聲／月亮掩提燈

感受霧霾

渾沌似當出／人陷囹圄呼盤古／再揮開天斧

松林灣（中國）
邊渠

夕暉照邊渠／蜻蜓翩躚蹄聲滯／呢喃花語遲
秋深萬木凋／清波錦鱗驚飛鳥／枯池容顏憔

張光明（中國）
人生列車

人生來闖蕩／猶如乘車旅行忙／熙熙又攘攘
父老戀天藍／中途某站撒手返／思念徒遺憾
列車行復站／親朋同伴上魚貫／有緣相見歡
有人坐短暫／悄然離去不及攔／愴然淚濕衫
有人旅途長／跨河越江見識廣／聊天笑語揚
有人未曾閒／一路顛簸苦辛酸／老天瞎了眼
車上自冥想／感慨萬千思飛翔／詠歎胸蕩漾
旅行景欣賞／同車共濟互諒讓／快樂多舒暢
百年一瞬間／離去誰知在哪站／珍愛每一天
他日下車廂／乘願再來眾期望／不虛此一趟

高九如（中國）
泰國遊
湄南河
遊客乘龍船／美酒佳餚敘正酣／明月映窗簾
清遠小鎮
銀環映女嬌／釣鱷騎駝樂逍遙／客游贊聲高
潑水節
勁舞綻笑顏／水潑如雨慶新年／病除保平安
東巴樂園
東巴賞樂園／鱷訓象演驚趣懸／情怡逐笑顏
大象表演
足跳曼歌舞／鼻捲皮球遠投籃／拍胸招人歡

蘇堤雅國賓館
湖水映藍天／沿路椰樹勁舞翩／海灘踏浪歡

段樂三（中國）
趣賞中秋月
酒香貪不少／夢見嫦娥嫌我老／我怎不知道
歪賞中秋月
月餅有甜頭／一對夫妻爭出手／通宵鬧彆扭

月梅（紐西蘭）
回唱老朋友
笑笑十年少／漢俳幽默心不老／健腦壽增高
創作有甜頭／多寫多想交朋友／常常問老優

編後記

林爽

經過我的漢俳啟蒙老師段樂三先生的辛勤灌溉，漢俳這被形容為「文化沙漠裡浮游在空氣中一粒肉眼難以看到的塵埃」的詩歌體裁，終於逐漸在中國詩壇壯大。由於段老師那股執著傻勁兒，使得我這移居海外二十多年的文學愛好者，在完全不知漢俳為何物的情況下也一往情深愛上了這嬌小精短的詩體。此後也傻乎乎追隨老師腳步，把漢俳詩種子撒在南半球邊陲的白雲鄉綠土地上……所幸得到居住國紐西蘭中文先驅報提供平台，每兩周就在我個人專欄內發表漢俳詩作；引起海、內外廣大讀者注意及興趣，其中不少也加入創作漢俳詩行列。

自 2012 年開始，我在段老師鼓勵下決定與他同當發起人；越洋同辦〔風雅漢俳同題詩〕活動，廣邀世界各地文朋、詩友一起撰寫同題漢俳詩。由段老師負責中國大陸地區、我負責紐西蘭及歐美各國，定期徵稿，電郵交我負責編輯後，再安排貼上國內、外若干文學網頁，並選刊於紐西蘭中文先驅報我的個人專欄。

此後，喚起十多個國家的文朋、詩友加入創作行列，來稿者熱烈，陸續不斷。可喜的是紐西蘭經常參與的也有四、五位；真是「文友勤灌溉，詩花處處開」。

段老師在《歡心亮漢俳》中提到：「開設漢俳同題詩專欄，如同作料理。寫出了有水準的漢俳作品還要有園地發表，世界遍地開花才活躍。希望有能力的詩友能熱心提供發表漢俳的園地，就會讓漢俳生龍活虎全球風光。」2015 年 1 月開始，段老師也發動中國大陸多位活躍詩壇的好友合作主編《風雅漢俳》，為海內、外詩友提供多一個耕耘漢俳園地。

屈指算來，2012 年 8 月開始至 2017 年 1 月，我負責的世界漢俳同題詩已開辦了25 期，參與者包括中國大陸、香港、臺灣、澳門等 30 多個省市自治區的詩友；還有新加坡、菲律賓、緬甸、日本、越南、泰國、印尼、紐西蘭、澳洲、美國、英國、法國、加拿大、瑞士、荷蘭、巴西、西班牙、德國等十八國的漢俳喜愛者，都先後在這個風雅詩壇登場。由於反應熱烈興趣濃，段老師和我還不定時因應突發事件和節日而進行網上酬唱；好令更多詩友參與，藉此提昇大眾創作漢俳的雅興。

文學無國界，自 2014 年中開始，除了紐西蘭中文先驅報外，我在美國明尼蘇達州的明州時報專欄版面也開始同步刊登漢俳同題詩，藉此為世界各國漢俳喜愛者提供更

多互相切磋、學撰漢俳的平台。可幸開辦以來，蒙各國詩友積極參與，給我增添了極大信心與動力。為報答恩師栽培之恩，及各國詩友熱情支持之義，我仍繼續一如既往為海外漢俳詩園及詩友們送陽光、灑雨露，身體力行努力創作；也不忘初衷，為漢俳詩壇添磚加瓦。直至 2016 年底，突然萌生將所有同題漢俳詩結集出版的念頭，好讓數百詩友們辛勤耕耘所開出的美麗花朵及豐碩果實有個完滿歸宿；於是我決定將所有同題詩及《風雅漢俳》詩稿交臺灣秀威出版社評審。今年初，喜訊傳來，獲得秀威編輯部通過，得以免費出版。多蒙負責聯絡的林主編昕平女士多月來耐心配合及辛勤勞動，特此代表眾多詩友致以衷心謝意！

經過近兩個月的整理、校對，《世界漢俳首選》編輯工作終於大功告成，感謝段老師統計出參與本選集作者共 462 人，來自全球 19 個國家、50 地區。如此陣容鼎盛的漢俳選集雖不敢妄稱後無來者，但可肯定的是，史無前例。

本選集雖經多次校正，但是錯漏仍在所難免。衷心懇請詩友、讀者不吝指正，多多見諒！更盼望漢俳詩門外漢讀者，在讀過此選集後都會愛上短小精緻的漢俳；也熱烈歡迎各地讀者坐言起行，馬上加入撰寫漢俳行列，是我所願！

阿爽於 2017 年 3 月 1 日

語言文學類　PG1777　秀詩人11

世界漢俳首選

合　　編 / 段樂三、林爽
責任編輯 / 林昕平
圖文排版 / 周妤靜
封面設計 / 王嵩賀

發 行 人 / 宋政坤
法律顧問 / 毛國樑　律師
出版發行 / 秀威資訊科技股份有限公司
　　　　　114台北市內湖區瑞光路76巷65號1樓
　　　　　電話：+886-2-2796-3638　傳真：+886-2-2796-1377
　　　　　http://www.showwe.com.tw
劃撥帳號 / 19563868　戶名：秀威資訊科技股份有限公司
　　　　　讀者服務信箱：service@showwe.com.tw
展售門市 / 國家書店（松江門市）
　　　　　104台北市中山區松江路209號1樓
　　　　　電話：+886-2-2518-0207　傳真：+886-2-2518-0778
網路訂購 / 秀威網路書店：http://www.bodbooks.com.tw
　　　　　國家網路書店：http://www.govbooks.com.tw

2017年6月　BOD一版
定價：250元
版權所有　翻印必究
本書如有缺頁、破損或裝訂錯誤，請寄回更換

國家圖書館出版品預行編目

世界漢俳首選 / 段樂三, 林爽合編. -- 一版. -- 臺
北市：秀威資訊科技, 2017.06
面；　公分. -- (語言文學類)(秀詩人 ; 11)
BOD版
ISBN 978-986-326-435-4(平裝)

831.86　　　　　　　　　　106007973

讀者回函卡

感謝您購買本書，為提升服務品質，請填妥以下資料，將讀者回函卡直接寄回或傳真本公司，收到您的寶貴意見後，我們會收藏記錄及檢討，謝謝！如您需要了解本公司最新出版書目、購書優惠或企劃活動，歡迎您上網查詢或下載相關資料：http:// www.showwe.com.tw

您購買的書名：＿＿＿＿＿＿＿＿＿＿＿＿＿＿＿＿＿＿＿＿＿＿＿＿

出生日期：＿＿＿＿年＿＿＿＿月＿＿＿＿日

學歷：□高中 (含) 以下　　□大專　　□研究所 (含) 以上

職業：□製造業　□金融業　□資訊業　□軍警　□傳播業　□自由業
　　　□服務業　□公務員　□教職　　□學生　□家管　　□其它＿＿＿

購書地點：□網路書店　□實體書店　□書展　□郵購　□贈閱　□其他

您從何得知本書的消息？

　　□網路書店　□實體書店　□網路搜尋　□電子報　□書訊　□雜誌
　　□傳播媒體　□親友推薦　□網站推薦　□部落格　□其他＿＿＿＿＿

您對本書的評價：（請填代號　1.非常滿意　2.滿意　3.尚可　4.再改進）

　　封面設計＿＿＿　版面編排＿＿＿　內容＿＿＿　文／譯筆＿＿＿　價格＿＿＿

讀完書後您覺得：

　　□很有收穫　□有收穫　□收穫不多　□沒收穫

對我們的建議：＿＿＿＿＿＿＿＿＿＿＿＿＿＿＿＿＿＿＿＿＿＿＿＿

＿＿＿＿＿＿＿＿＿＿＿＿＿＿＿＿＿＿＿＿＿＿＿＿＿＿＿＿＿＿＿

＿＿＿＿＿＿＿＿＿＿＿＿＿＿＿＿＿＿＿＿＿＿＿＿＿＿＿＿＿＿＿

11466
台北市內湖區瑞光路 76 巷 65 號 1 樓

秀威資訊科技股份有限公司 　　收

BOD 數位出版事業部

⋯⋯⋯⋯⋯⋯⋯⋯⋯⋯⋯⋯⋯⋯⋯⋯⋯⋯⋯⋯⋯⋯

（請沿線對折寄回，謝謝！）

姓　　名：＿＿＿＿＿＿＿＿　年齡：＿＿＿＿　性別：□女　□男

郵遞區號：□□□□□

地　　址：＿＿＿＿＿＿＿＿＿＿＿＿＿＿＿＿＿＿＿

聯絡電話：(日) ＿＿＿＿＿＿＿＿＿ (夜) ＿＿＿＿＿＿＿＿＿

E-mail：＿＿＿＿＿＿＿＿＿＿＿＿＿＿＿＿＿＿＿＿